Ein bisschen Dope und noch mehr Freiheit

Claudia Tenit, geboren 1965 in Salzburg, be-
schreibt in ihrem zweiten Buch „Ein bisschen
Dope und noch mehr Freiheit" das unbeküm-
merte Leben eines jungen Paares in den Achtzi-
gerjahren, das von der Sucht nach Freiheit bestimmt ist, einer Freiheit, die den gesellschaftli-
chen Normen so ganz und gar nicht ent-
spricht …

Claudia Tenit

Ein bisschen Dope und noch mehr Freiheit

Impressum

Bibliografische Information der Deutschen Nationalbibliothek: Die Deutsche Nationalbibliothek verzeichnet diese
Publikation in der Deutschen Nationalbibliografie; detail-
lierte bibliografische Daten sind im Internet
über dnb.dnb.de abrufbar.

© 2022 Claudia Tenit
Herstellung und Verlag: BoD – Books on Demand,
Norderstedt
ISBN: 9783756211500

Inhalt

.

„Die Sonne scheint. Es ist ein wunderbarer Tag. Und ich bin weit weg von zu Hause. Das macht mich leicht und unbeschwert."

Ich saß unter einem, an den Felsen neben mir gelehnten Fischerboot, das mir heute als Nachtlager gedient hatte und schrieb diese paar Zeilen in mein Tagebuch. Die Morgensonne glitzerte auf den Wellen, die sanft ans Ufer plätscherten. Laut kreischend umkreise ein Schwarm Möwen den Felsen vor der Bucht.

Wir waren in Spanien. Und das ohne Geld, ohne Unterkunft und ohne einer Vorstellung davon, wie lange wir bleiben und wovon wir leben wollten. Wir – das waren Woifal und ich. Wir hatten uns auf einer Silvesterparty kennen gelernt. Woifal war arbeitslos, ich hatte kurz vor der Matura die Schule abgebrochen. Gemeinsam vertrieben wir uns die freie Zeit in verschiedenen Lokalen, bis ich eines Tages das Gefühl hatte, raus aus Salzburg, raus aus diesem eintönigen Leben zu müssen … Ich wollte frei sein. Frei sein, das zu tun, was mir gerade in den Sinn kam - und sonst nichts.

Ich packte meinen kleinen Wanderruck-sack, rollte meinen Schlafsack ein, befes-tigte ihn obenauf und schlüpfte in meine samtenen China-Schuhe. Obwohl sich die Son-ne nur zaghaft zeigte, trug ich meinen geblüm-ten Sommerrock und eine leichte Bluse dazu. Was kümmerte mich das Aprilwetter hier in Salzburg – ich wollte sowieso nach Spanien!

Aus einer Laune heraus hatte ich gestern Abend, als wir von einem Lokal in das nächste gezogen waren, zu Woifal gesagt: „Fahren wir doch fort von hier. Trampen wir nach Spanien!"

Und ohne lange nachzudenken, hatte Woifal geantwortet: „Ja, warum nicht. – Wann denn?"

„Morgen früh – so um neun?", hatte ich vor-geschlagen und nicht im Geringsten damit ge-rechnet, dass Woifal diesen Vorschlag ernst nehmen würde.

Doch er hatte sofort eingewilligt: „Passt. Treffen wir uns morgen um neun beim Lokal-bahnhof, dorthin ist es für uns beide gleich weit!"

Nun, da ich meine Sachen fertig gepackt hat-te, überkamen mich Zweifel. Würde Woifal wirklich kommen? Oder war er gestern schon so betrunken gewesen, dass er heute gar nichts mehr davon wusste?

Als hätte sie meine Gedanken erraten, sagte meine Mutter plötzlich: „So eine Schnapsidee! Hals über Kopf nach Spanien fahren – glaubst du denn, dass dein Bekannter überhaupt kommen wird?!"

„Wenn nicht, dann kehr ich eben wieder um", beschwichtigte ich sie, verabschiedete mich dann aber doch mit den Worten: „Sobald wir angekommen sind, ruf ich dich an!"

Danach machte ich mich auf den Weg durch die fast leeren Seitenstraßen und hatte in wenigen Minuten den Bahnhofsvorplatz erreicht. Das kleine Gebäude der Lokalbahnstation war menschenleer. Auch von Woifal war nichts zu sehen.

„Vielleicht ist er im Warteraum", dachte ich, spürte aber zugleich, wie ein Gefühl der Enttäuschung in mir hochkam.

Beim Näherkommen warf ich einen kurzen Blick durch die Glasscheibe. Der Warteraum war leer.

Da sah ich plötzlich hinter dem Gebäude jemanden kommen – mit einem Rucksack auf der Schulter – es war Woifal.

Erleichtert sagte ich: „Du bist wirklich gekommen!"

„Was glaubst denn du! War ja ausgemacht! Von wo fahren wir weg?"

„Salzburg-Mitte", schlug ich vor.

Wir nahmen den Bus und stiegen nach einer Fahrt quer durch die Stadt in der Nähe der Autobahnauffahrt aus. Inzwischen hatte sich der Himmel verfinstert. Dunkle Wolken bedeckten die Sonne, und ein kühler Wind blies mir die Haare ins Gesicht und zerrte an meinen Kleidern. Nachdem wir die Auffahrt entlang gegangen waren, stellten wir uns an den Pannenstreifen. Ein Auto nach dem anderen fuhr an uns vorbei. Missmutig sah ich den Autos hinterher. Während wir warteten, verschlechterte sich das Wetter zusehends. Der Himmel wurde schwarz und schwärzer. Es sah so aus, als würde es in kürzester Zeit zu regnen beginnen. Und plötzlich, mit einigen heftigen Windböen, wirbelten erste Schneeflocken vom Himmel.

„Das kann doch nicht wahr sein! Hoffentlich hat bald jemand Mitleid mit uns!", dachte ich, während ich den heranfahrenden Autos entgegenblickte und abzuschätzen versuchte, ob uns eines davon mitnehmen würde.

Wieder näherte sich im mittlerweile dichten Schneegestöber ein Fahrzeug. Es schien seine

Fahrt zu verlangsamen. Hoffnungsvoll hob ich den Daumen. Da erkannte ich, dass es sich um ein Polizeiauto handelte. Es hielt neben uns. Ein wichtigtuerischer Polizist, einer, der seine Arbeit ganz genau nahm, stieg aus und fragte, was wir hier täten.

„Autostoppen. Nach Spanien", war unsere Antwort.

„Ihr steht auf der Autobahn. Das ist verboten!", sagte er und fragte nach unseren Ausweisen.

Danach begann er zu schreiben, notierte Namen und Adressen und stellte zwei Strafzetteln aus, die er uns mit triumphierendem Gesichtsausdruck überreichte.

„Das macht für jeden von euch 250 Schillinge. Wegen unerlaubten Verweilens auf der Autobahn!"

Mir blieb kurz die Luft weg. 250 Schillinge – das war genau die Hälfte von meinem bisschen Geld, das ich für die Reise mitgenommen hatte. Zähneknirschend bezahlten wir die für uns riesengroßen Summen und verließen die Autobahn. Mutlos stellten wir uns an die Auffahrt. Mir war eisig kalt, die China-Schuhe waren durchnässt, und meine Stimmung war am Nullpunkt. Auch Woifal wirkte nicht gerade begeistert. Missmutig sah er zu, wie ein Auto nach dem anderen beschleunigte und an uns vorbei auf die Autobahn fuhr. Unsere Chancen, von hier wegzukommen, standen schlecht. An dieser Stelle anzuhalten, war fast unmöglich.

Da blieb, aller widrigen Umstände zum Trotz, plötzlich ein älterer, weißer VW-Passat stehen. Das Fenster wurde heruntergekurbelt.

„Wohin wollt ihr? Ich fahre nach Villach!", fragte eine Frau mit zerzauster blonder Dauerwelle und sah uns fragend an.

„Wir wollen nach Italien und weiter bis Spanien", antwortete Woifal erfreut. „Können wir mitfahren?"

„Steigt ein!"

Das ließen wir uns nicht zweimal sagen! Schnell stiegen wir ein, um keinen Stau zu verursachen. Endlich im Trockenen! Es war angenehm warm im Auto. Ich massierte meine Füße, die kalt wie Eis waren.

„Deine Freundin muss ja entsetzlich frieren! Nicht einmal Socken hat sie an! Bei diesem Wetter! Sie sollte welche anziehen. Das ist nicht gut für die Nieren. Sie wird krank, wenn sie so leichtsinnig ist!", sagte unsere Fahrerin zu Woifal.

Verlegen gab ich zu, dass ich mit einem derartigen Wetterumschwung nicht im Entferntesten gerechnet hatte und gar nicht auf die Idee gekommen war, Socken einzupacken.

„Wenn wir Pause machen, gebe ich dir welche von mir. So kannst du nicht weiterfahren!", sagte sie und erzählte dann, dass auch sie schon viel gereist wäre, manchmal per Autostopp, genau wie wir. Vor kurzem wäre sie in Afrika gewesen.

Langsam merkte ich, wie ich müde wurde. Das wohlig warme Auto, die vielen Gläser Wein gestern Abend, das frühe Aufstehen heute Morgen – ich schloss die Augen und döste vor mich hin. Irgendwann war ich eingeschlafen.

„Kommst du mit auf einen Kaffee, wir machen Pause!", hörte ich plötzlich Woifals Stimme.

Verschlafen richtete ich mich auf. Wir waren an einer Raststätte stehen geblieben. Es schneite immer noch. Das nasskalte Wetter verlockte mich nicht im Geringsten, auch nur einen Fuß vor die Autotür zu setzen.

„Ich bleibe lieber hier und schlafe weiter", gab ich zur Antwort.

Unsere Fahrerin kramte kurz im Kofferraum und reichte mir ein Paar weiße Tennissocken. Dankbar nahm ich sie entgegen und zog sie an. Gleich darauf spürte ich, wie meine eiskalten

16

Füße ein wenig wärmer wurden. Ich rollte mich ein und schloss die Augen. Im Halbschlaf bekam ich mit, wie wir nach einiger Zeit unsere Fahrt wieder fortsetzten.

Als ich aufwachte, waren mehrere Stunden vergangen. Die Landschaft draußen war winterweiß geworden. Überall, wo man hinsah Schnee!

„Ich bringe euch noch nach Thörl-Maglern. Von dort könnt ihr mit dem Zug weiterfahren. Autostoppen hat bei diesem Wetter keinen Sinn!", meinte unsere Fahrerin, während sie von der Autobahn abfuhr.

Kurze Zeit später ließ sie uns vorm Bahnhof aussteigen, wünschte uns noch alles Gute für unsere Reise und fuhr zurück nach Villach. Wir gingen durch den Schnee, der bereits knöchelhoch war.

„Wir müssen aber Autostoppen! Für ein Bahnticket reicht unser Geld nicht!", sagte ich und war fest entschlossen, den Bahnhof so schnell wie möglich wieder zu verlassen.

„Bei diesem Wetter kommen wir nie von hier weg! Weit und breit ist kein Auto zu sehen! Versuchen wir es morgen früh und übernachten wir hier irgendwo", überlegte Woifal.

„Hier am Bahnhof? Wo denn?"

Der Gedanke, die Nacht im Warteraum zu verbringen, gefiel mir ganz und gar nicht.

„Wir finden bestimmt einen abgestellten Waggon. Da ist es wenigstens trocken. Komm! Schauen wir uns mal um!", versuchte Woifal mich zu überzeugen und ging voraus.

Und gleich darauf: „Da schau! Hier ist einer! Der ist für die Gleisarbeiter! In so einem Waggon hab ich schon einmal die Nacht verbracht! Damals bin ich mit ein paar Freunden in Südfrankreich gewesen. In Saint-Marie-de-la-Mer. Auf der Rückfahrt haben wir dann keinen Anschlusszug mehr gehabt. Deshalb haben wir die Nacht am Bahnhof verbringen müssen, zum Glück aber einen Waggon wie diesen gefunden."

Wir überquerten einige Gleise, bis wir den alten Waggon, der abgekoppelt auf einem Nebengleis stand, erreicht hatten. Woifal drückte den Türgriff nach unten. Die Tür ließ sich öffnen. Wir stiegen ein. Der Waggon war, bis auf einige Ablageflächen und einem Tisch aus Metall, innen leer.

„Aber was ist, wenn das jemand merkt?", fragte ich unschlüssig.

„Da kommt doch heute keiner mehr!", meinte Woifal zuversichtlich.

Woifal hatte recht. Der kleine Bahnhof wirkte verlassen und leer. Weder Reisende, noch Bahnbedienstete waren zu sehen. Es würde für uns das Beste sein, diesen Waggon als Nachtlager zu benutzen. Wir stiegen ein, schlossen die Tür hinter uns und machten es uns einigermaßen bequem. Dann aßen wir unseren Proviant und rauchten einige Zigaretten. Die Kälte war ungemütlich.

„Ich rolle mich in meinen Schlafsack ein. Zum Wachbleiben ist es sowieso zu kalt", sagte Woifal und suchte sich einen passenden Platz am Boden.

Ratlos sah ich mich um. Auf den schmutzigen Boden wollte ich mich nicht legen. Dann schon lieber auf den metallenen Tisch. Ich kletterte hinauf, breitete meinen Schlafsack aus und kroch hinein. Doch bald schon merkte ich, dass das kalte Metall auch keine ideale Unterlage war. Es fühlte sich an, als würde ich auf einem Eisblock liegen. Ich versuchte zwar, diese Tatsache zu ignorieren und trotzdem irgendwie einzuschlafen, doch unbarmherzig drang die Kälte durch meinen dünnen Schlafsack und weckte mich in regelmäßigen Abständen.

Irgendwann wurde es Morgen. Die schlimme Nacht war um. Wir stiegen aus. Der Schnee reichte nun bis über die halbe Wade. Ich war hundemüde und durchfroren.

Nachdem ich auf der Bahnhofstoilette mein Gesicht gewaschen und meine Zähne geputzt hatte, fühlte ich mich wieder besser. Paradoxerweise hatte das kalte Wasser im Gesicht bewirkt, dass mir einigermaßen warm wurde. Zumindest oben herum. Meine nassen, klammen Füße spürte ich ohnehin kaum mehr.

„Suchen wir mal ein Gasthaus. Was ich jetzt dringend brauche, ist ein heißer Kaffee!", sagte Woifal.

Wir verließen den Bahnhof und fanden einige hundert Meter weiter ein Gasthaus an der Straße, die zur Grenze führte. In der Gaststube waren kaum Leute. Wir setzten uns an einen der freien Tische und bestellten ein kleines Frühstück. Der heiße Kaffee tat gut.

Nachdem wir uns ein wenig aufgewärmt hatten, schlug Woifal vor: „Fragen wir gleich hier, ob uns jemand mitnimmt! An die Straße brauchen wir uns nicht stellen. Bei diesem Wetter fahren sowieso keine Autos!"

Suchend ließ er seinen Blick durch die Gaststube schweifen. Die wenigen Einheimischen machten nicht den Eindruck, als würden sie irgendwohin fahren. Sie unterhielten sich lautstark bei Bier und Zigaretten und schienen sich so den trüben Tag zu vertreiben. Da entdeckte Woifal etwas weiter hinten ein Pärchen, das soeben bezahlt hatte und im Begriff war, aufzustehen.

„Fahrt ihr nach Italien?", fragte Woifal auf gut Glück.

„Nur bis Tarvis", war die Antwort.

„Nehmt ihr uns mit?"

Die beiden schienen nicht sonderlich erfreut. Wären wir an der Straße gestanden, wären sie bestimmt an uns vorbei gefahren. Nun aber war es ihnen unangenehm, nein zu sagen. So nahmen sie uns mit, ließen uns an der Autobahnauffahrt Richtung Venedig aussteigen und fuhren weiter.

Nachdem wir einige Zeit gewartet hatten, blieb ein Italiener stehen, der nach Triest musste. Erfreut stiegen wir ein. Die Fahrt ging durch das Kanaltal. Schroffe Hänge mit winzigen Dörfern säumten die Autobahn. Wir fuhren durch etliche Tunnel und ließen die Berge hinter uns. Inzwischen zeigte sich sich die Sonne, und dass der Italiener ein kurzärmeliges T-Shirt trug, ließ uns den gestrigen Wintereinbruch beinah vergessen. Langsam stellte sich Reiselust ein.

Mit dem nächsten Fahrzeug ging es nach Milano. Italienische Rockmusik klang aus dem Kassettenrekorder. Woifal wippte mit dem

Kopf zur Musik, während er sich angeregt mit dem jungen Italiener unterhielt. Ich hingegen spürte die Nachwirkungen der letzten Nacht im kalten Waggon. Mein Kopf sank immer wieder zur Seite, bis ich schließlich meinen Rucksack als Kopfpolster benützte und einschlief.

Um vier Uhr nachmittags hatten wir Milano erreicht. Unser Fahrer setzte uns auf einer Durchzugsstraße ab. Wenn wir richtig verstanden hatten, mussten wir diese Straße entlang gehen, um zur Autobahnauffahrt Richtung Frankreich zu kommen. Laut donnerte der Verkehr an uns vorbei.

„Wer weiß, wie weit das ist … Stoppen wir hier schon …"

Ich hob meinen Daumen und versuchte immer wieder, unterm Gehen, ein Auto anzuhalten. Vergeblich. Der vorbeiwälzende Strom von Fahrzeugen ließ nicht zu, dass auch nur ein Einziges stehen bliebe.

Nachdem wir etliche Kilometer gegangen waren, hatten wir den Stadtrand erreicht. Endlich blieb ein LKW stehen, der nach Alessandria musste. Er nahm uns ein Stück mit und setzte uns dann an der Autobahnauffahrt Genua/Savona ab.

„Nun müssen wir also Richtung Genua weiter", überlegte ich. „Und dann geht's nach Frankreich!"

Inzwischen dämmerte es. Der Abend brach herein, und damit begann es leicht zu regnen. Wir gingen am Pannenstreifen entlang. Die Geduld, stehen zu bleiben und zu warten, hatten wir nicht mehr. Woifal wirkte genervt. Unser Trip nach Spanien wurde anstrengend.

Nachdem unzählige Autos an uns vorbeigefahren waren, blieb endlich eines stehen. Schnell rannten wir hin, um enttäuscht festzustellen, dass es bis Savona fuhr.

Beim nächsten Fahrzeug wieder dasselbe.

Entmutigt gingen wir weiter. Einige verlassene Firmengebäude lagen an der Strecke und wirkten unheimlich. Irgendwo bellte ein Hund. Das Bellen kam näher, bedrohlich nahe. Niemand war in der Nähe, um den Hund zurückzurufen. Woifal ging weit vor mir. Ich versuchte, aufzuholen, ärgerte mich über Woifal, weil er mich einfach zurückließ und hatte Angst vor dem Hund. Zum Glück wurde das Bellen nach einiger Zeit leiser.

Nach circa einem Kilometer Fußmarsch hielt endlich ein als Campingbus umgebauter Lieferwagen.

Hoffnungsvoll fragten wir: „Genua?"

„No. Savona."

„Wieso fährt denn niemand nach Genua! Verdammt!", fluchte Woifal.

„Irgendwer muss doch nach Genua fahren! Wir können die ganze Strecke ja nicht zu Fuß gehen!", sagte ich verzweifelt.

Es regnete, es war dunkel, wir waren müde. Ich suchte die Landkarte aus meinem Rucksack. Wo waren wir überhaupt?

„Schau mal! Das kann doch nicht wahr sein!", rief ich aus. „Wir müssen gar nicht nach Genua. Genua liegt östlich von uns. Auf der Strecke nach Frankreich liegt Savona! Genau dort müssen wir hin!"

Woifal war verärgert.

„Scheiße! So eine Scheiße!"

Wütend ging er weiter und kümmerte sich nicht mehr um mich. Ich ging hinterher, genauso wütend, wütend auf Woifal, wütend auf mich selbst, wütend auf die Autos, die einfach an uns vorbeifuhren.

Irgendwann hielt ein LKW.

„Savona?"

„Si, Savona!"

Vom Cockpit des LKWs sah die Welt wieder anders aus. Weich glänzte der schwarze Asphalt im Regen. Die Rücklichter der Fahrzeuge vor uns bildeten rote Lichtsäulen auf der nassen Fahrbahn und verloren sich irgendwo in der Dämmerung. Ich war froh, meine müden Beine endlich ausstrecken zu können und lehnte mich in den Sitz zurück.

Gegen neun Uhr abends hatten wir Savona erreicht. Der LKW-Fahrer setzte uns vor der Ausfahrt ab. Und während wir uns fragten, wie lange wir hier wohl wieder stehen würden, nahm uns ein LKW mit, der nach Toulon musste. Bei Fréjus fuhr er von der Autobahn ab und ließ uns aussteigen. Nun ging es die Bundesstraße weiter. Lange Kolonnen von LKWs fuhren an uns vorbei, als wir wieder einmal einen Blick auf die Karte warfen, um uns zu orientieren.

Saint-Marie-de-la-Mer sollte unser nächstes Ziel sein. Einer der vielen LKWs nahm uns dorthin mit. Als wir ankamen, war es weit nach Mitternacht. Wir suchten uns etwas außerhalb einen Platz am Strand und verbrachten dort die Nacht. Als wir aufwachten, war es bereits spät am Vormittag. Wir rollten unsere Schlafsäcke ein und besuchten ein kleines Lokal an der Küste, wo wir Café au Lait tranken. Es roch nach Meer. Der Himmel war blau. Ich spürte ein unbestimmtes Gefühl von Freiheit.

„Hier weht immer ein starker Wind", sagte Woifal. „Weißt du wie dieser Wind heißt?"

„Hm. Lass nachdenken. Das ist doch der Mistral?"

„Ja, richtig!", Woifal lachte. „In Jugoslawien gibt es einen kalten Wind. Weißt du, wie der heißt?"

Ich schüttelte den Kopf.

„Das ist die Bora", klärte mich Woifal auf.

„Ach ja! Habe ich schon mal gehört", fiel mir ein.

„Und der heiße Wind aus Afrika?", fragte Woifal weiter. „Wie heißt der?"

Ich dachte nach. „Das ist der Scirocco!"

„Wie nennt man ihn in Jugoslawien?"

„Keine Ahnung!"

„In Jugoslawien nennt man in Jugo!"

„Was? Das ist aber jetzt ein Scherz. Oder?"

Nachdem wir gefrühstückt hatten, spazierten wir die Promenade entlang. Riesige Wellenbrecher schützten den Ort vor der Brandung, die unaufhörlich gegen die Gesteinsbrocken schlug.

„Einmal im Jahr treffen sich die Zigeuner in Saint-Marie-de-la-Mer. Hast du das gewusst?", erzählte Woifal. „Und das französische Wort für Zigeuner ist Gitanes. Wie die Zigarettenmarke."

Wir näherten uns dem Ortskern. Eine bunte Vielfalt an Cafés, Bistros, Boutiquen und Souvenirshops schmückte die weißen Häuserfronten und verbreitete südfranzösisches Flair. Wir schlenderten durch die kleinen Gassen und ließen uns treiben.

„Bevor wir weiterfahren, sollten wir noch was essen", schlug ich nach einiger Zeit vor.

„Hier ist es aber ziemlich teuer. Mal schaun, was es für wenig Geld gibt", überlegte Woifal.

Während wir das Ortszentrum wieder verließen, studierten wir die Speisekarten der verschiedenen Restaurants. Angesichts der Preise wurde die Aussicht auf eine warme Mahlzeit immer unwahrscheinlicher. Endlich fanden wir ein kleines Bistro, das zu einem halbwegs günstigen Preis Chili con Carne anbot. Doch das, was uns wenig später in zwei kleinen Tonschüsselchen serviert wurde, war Bohneneintopf mit kaum Fleisch darin. Chili con Carne hatte ich mir immer anders vorgestellt. Ich war ein wenig enttäuscht, tröstete mich dann aber damit, dass wir wenigstens wieder einmal eine warme Mahlzeit hatten und mit dem Baguette dazu auch satt wurden.

Nachdem wir gegessen hatten, setzten wir unsere Reise fort und versuchten, am Ortsausgang von Saint-Marie eine Mitfahrgelegenheit zu finden. Doch meist waren die Autos voll. Es dauerte lange, bis endlich ein Pärchen hielt, das nach Aigues-Mortes musste, uns ein Stückchen

mitnahm und an der Abzweigung zur Autobahn absetzte.

Da standen wir nun – an einer Straße, die so
einsam und wenig befahren war, dass wir uns
auf eine längere Wartezeit einstellten. Als wir
aber das Gekritzel anderer Autostopper am
Verkehrsschild lasen, machten wir uns auf das
Schlimmste gefasst.

Da stand zum Beispiel: „What a hell is this
here!" Oder: „You never get out of here!"

Und die Botschaften schienen sich zu be-
wahrheiten. Meist dauerte es fünfzehn bis
zwanzig Minuten, bis überhaupt ein Fahrzeug
auftauchte - und dann fuhr es einfach vorbei.
Nach einiger Zeit hatten auch wir das Gefühl,
nie von hier wegzukommen.

Wieder näherte sich ein Auto. Es war ein
Mittelklassewagen. Die Lenker solcher Fahrzeuge waren meist viel zu gesetzt, um Autostopper mitzunehmen. Fest rechnete ich damit,
dass er an uns vorbeifahren würde.

Da rief Woifal plötzlich: „Er ist stehen geblieben!"

Der Fahrer öffnete die Tür und sagte irgendetwas von „autoroute" und" Montpellier".

Das war unsere Richtung! Erleichtert stiegen
wir ein. Doch schneller als gedacht war unsere
Fahrt wieder zu Ende. Denn kaum war der

28

Franzose auf die Autobahn aufgefahren, fuhr er die erste Raststätte an und gab uns zu verstehen, dass er in Montpellier abfahren müsse, hier aber viele Fahrzeuge am Weg nach Spanien noch einmal tanken würden und uns bestimmt eines davon mitnähme. Enttäuscht stiegen wir aus und hatten wieder Pech. Alle, die wir fragten, fuhren, genau wie er, nur bis Montpellier …

Woifal setzte sich auf den Boden. Ich war müde, und mir fröstelte. Mit dem hereinbrechenden Abend war es kühl geworden. Irgendwo hinlegen und ausruhen war im Moment mein einziger Wunsch – doch wo? Suchend sah ich mich um. Der Flipperautomat bot eine große Fläche zum Liegen – und als ich es mir darauf bequem gemacht hatte, stellte ich fest, dass er sogar ein wenig Wärme abgab. Der Inhaber der Raststätte beobachtete mich. Ich tat so, als würde ich nichts merken. Nach einiger Zeit kam eine Runde Burschenschafter herein, eigenartige Typen in komischen Uniformen, die uns demonstrativ anstarrten. Irgendwie fühlten wir uns nicht mehr wohl hier. Draußen hielt ein Auto. Woifal hatte es bemerkt und ging hinaus. Gleich darauf kam er zurück.

„Wir können mitfahren!", sagte er sichtlich froh und führte mich zu einem Ford Taunus mit niederländischem Kennzeichen. Zwei Türken boten sich an, uns bis Spanien mitzunehmen. Wir sollten unsere Rucksäcke in den Kofferraum geben. Der Beifahrer stieg aus und nahm unser Gepäck entgegen, das aber nicht in ihrem Kofferraum, sondern in dem des dahinterstehenden Fahrzeuges verschwand. Dann öffnete er die Beifahrertür, ließ Woifal einsteigen und setzte sich zu mir auf die Rückbank. Das Auto mit unserem Gepäck fuhr hinter uns her. Ein unbehagliches Gefühl stieg in mir auf. Das war eine Situation, vor der man sich in Acht nehmen sollte, dämmerte es mir. Was hatten die Türken vor? Was würde mit unserem Gepäck geschehen?

Der Fahrer verwickelte Woifal in gebrochenem Englisch in ein Gespräch. Ich sah angestrengt hinaus. Wir fuhren schnell und überholten ein Fahrzeug nach dem anderen. Mir war kalt. Am Boden lag eine Decke. Einige Zeit war ich unschlüssig. Konnte ich diese Decke einfach nehmen und mich damit zudecken? Dann siegte der Wunsch nach Wärme und Behaglichkeit. Ich legte die Decke über meine Beine und zog sie über meinen Oberkörper. Gleich darauf wurde mir angenehm warm. Ich fragte mich, ob mein Verhalten nicht unhöflich wirkte und entschloss mich dummerweise, mit dem übrigen

Teil der Decke den neben mir sitzenden Türken ebenfalls zuzudecken. Das musste dieser aber völlig falsch verstanden haben, denn er begann von nun an, mich ständig zu betatschen. Kaum hatte ich seine Hand weggestoßen, lag sie schon wieder auf meinem Oberschenkel. Ich zog die Decke von ihm weg, wickelte mich fest darin ein und gab ihm durch Fußtritte zu verstehen, dass ich absolut nichts von ihm wollte. Hilfesuchend sah ich zu Woifal hin. Er hatte von diesem Vorfall nichts mitbekommen und unterhielt sich immer noch mit dem Fahrer.

Einige Zeit und einige Fußtritte später ließ der Türke seine Annäherungsversuche endlich bleiben. Wir fuhren noch bis Perpignan auf der Autobahn, dann ging es die Bundesstraße weiter, die in unzähligen Kurven bergauf und bergab führte. An der Ortseinfahrt von Port Bou ließen uns die Türken aussteigen und gaben uns auch unsere Rucksäcke wieder. Danach wendeten sie ihre Fahrzeuge und fuhren zurück.

Ich atmete auf. Wir hatten Glück gehabt. Wider Erwarten war alles gut gegangen - mehr noch: Sie hatten uns sogar extra nach Spanien gebracht! Wir hatten es geschafft!

Nachdem wir am Strand übernachtet hatten, standen wir früh auf, um nicht von der spanischen Polizei überrascht zu werden, die den Ruf hatte, Rucksacktouristen mit Fußtritten zu wecken. Außerdem hatten wir vor, nach Barcelona zu trampen, da Woifal sich noch mit Dope versorgen wollte, bevor wir im kleinen Ort Tossa de Mar an der Costa Brava Badeurlaub machen würden.

So standen wir nach einem Café con Leche, dem spanischen Pendant zum Café au Lait, an der Straße und warteten auf ein Fahrzeug, das uns mitnehmen würde. Das war in Spanien nicht schwer. Immer wieder blieb jemand stehen, und schon wenige Stunden später befanden wir uns mitten im lebhaften Zentrum Barcelonas.

„Weißt du denn wo man hier was kaufen kann?", fragte ich Woifal.

Wir standen in der Altstadt. Ein Gewirr von Gassen und Straßen, Häusern und Menschen breitete sich um uns aus.

„Ja", sagte Woifal und sah sich suchend um, „am Placa Reial. Der muss hier irgendwo sein, in der Nähe des Gotischen Viertels."

Ein paar junge Spanier kamen uns entgegen. Woifal fragte sie nach dem Weg. Wir folgten ihrer Beschreibung und entdeckten in einer kleinen Seitenstraße den Zugang zu diesem Platz. Ein Polizist patrouillierte davor. Nachdem wir an ihm vorbei durch das Portal gegangen waren, befanden wir uns in einem großen, von alten Gebäuden begrenzten Viereck mit einem steinernen Brunnen in der Mitte. Alles wirkte heruntergekommen. Es war unschwer zu erkennen, dass einige Dealer auf ihr Geschäft warteten. Woifal wurde gleich von einem von ihnen angesprochen. Nach einer kurzen Unterredung hatte Woifal ein kleines Stückchen Stanniolpapier in der Hand. Woifal prüfte es und bezahlte. Der Deal war gemacht. Nun stand einem gemütlichen Strandurlaub nichts mehr im Weg.

Wir trampten zurück nach Tossa. Die Straße führte über von Kiefern bewaldete Hügel und ging das letzte Stück Richtung Küste bergab. Wie hingewürfelt breitete sich der Ort mit seinen weißen Häusern und verwinkelten Gassen vor uns aus, der malerisch in einer Bucht lag und von einer mittelalterlichen Burganlage begrenzt wurde. Und als ob der Anblick nicht kitschig schön genug gewesen wäre, erstreckte sich ein tiefblaues Meer, tiefblauer, als ich es mir jemals hätte vorstellen können, bis zum Horizont und glitzerte in der warmen Nachmittagssonne.

„Ach, ist es schön hier!", sagte ich überglücklich, als wir durch die Gassen gingen. „Gehen wir doch mal zur Burg hinauf!"

Wir spazierten durch die Vila Vela, dem mittelalterlichen Teil der Stadt unterhalb der Burganlage, der mit seinen kopfsteingepflasterten Gassen und alten Steinhäusern den ältesten Teil Tossas bildete. Oben angekommen, trafen wir auf eine Folkloreveranstaltung im Burghof. Einige Zeit sahen wir den Tänzen zu, dann gingen wir weiter zum Burgbrunnen auf einem kleinen Platz vor einem der Wehrtürme. Von dort hatten wir einen wunderschönen Ausblick auf die wild zerklüftete Küste. Ein Segelboot lag vor Anker in der Bucht.

„Es ist so wunderschön hier!", schwärmte ich noch einmal und konnte mich gar nicht satt sehen am tiefblauen Meer, an den weißen Häusern und an den schäumenden Wellen, die wild gegen die Felsküste schlugen.

Nachdem wir einige Zeit auf der Burg verbracht hatten, beschlossen wir, als feierlichen Auftakt unseres Urlaubs, eine echte spanische Paella zu Abend zu essen. Das würde zwar zugleich das Ende meines winzig kleinen Reisebudgets bedeuten, doch darüber machte ich mir am heutigen Tag noch keine Sorgen. Wir suchten das schönste Restaurant im Ort, ließen uns einen Tisch zuweisen und warteten auf unser Essen. Nach einigem Warten wurden zwei große Platten Paella mit Langusten, Fisch und Meeresfrüchten an unsere Plätze gebracht. Mit großen Augen bestaunte Woifal das Essen vor sich – und bevor der Kellner wieder weg war, fragte er schnell: „Können Sie mir bitte zeigen, wie man das isst?"

Auch ich hatte keine Ahnung, wie man an das Fleisch der Langusten käme. Doch die Art und Weise, wie Woifal das sagte, klang so komisch, dass ich einen Lachkrampf bekam. Vor meinem geistigen Auge sah ich den Kellner Woifals Essen essen.

Zum Glück hatte der Kellner richtig verstanden. Er öffnete Woifals Langusten und zeigte vor, wie man das Fleisch herausschneiden müsse. Nachdem wir gegessen und einige Gläser spanischen Rotwein getrunken hatten, verließen wir das Restaurant. Beim Hinausgehen hatte ich plötzlich das Gefühl, dass mir so richtig übel wurde. Ich blieb stehen und atmete tief durch - einmal, zweimal – es wurde nicht besser.

Zwei deutsche Touristen kamen zum Eingang und lasen die Speisekarte. Ich wollte Platz machen und atmete noch einmal ganz tief durch. Und plötzlich, ohne dass ich es verhindern konnte, musste ich mich übergeben, direkt neben dem Eingang, neben den Touristen. Mit einem erschrockenen Blick auf mich eilten die zwei Deutschen schleunigst weiter. Woifal musste unwillkürlich lachen. Die Lust, hier essen zu gehen, hatte ich den beiden scheinbar gründlich verdorben!

Wir gingen hinunter zur Bucht, um nach einem geeigneten Schlafplatz Ausschau zu halten. Doch die Bucht erstreckte sich entlang der Promenade und bot keinen Platz, der vor den Blicken der Leute und, vor allem, vor den Blicken der Polizei geschützt gewesen wäre. Da sahen wir, dass am Ende der Bucht die Straße an einem großen Hotel vorbei zu einer zweiten kleineren Bucht führte, an deren Strand zahlreiche, buntbemalte Fischerboote lagen.

„Hier ist es super!", stellte Woifal fest. „Unter den Fischerbooten können wir schlafen!"

„Direkt unter einem Boot!? Das trau ich mich nicht! Da komm ich ja nicht mehr raus!", entgegnete ich entsetzt und bekam schon beim Anblick Platzangst. Als ich mich nach einem geeigneten Schlafplatz für mich umsah, entdeckte ich das Wrack eines alten Segelschiffes. Auf seinem hölzernen Rumpf stand der Name „Teresa".

„In diesem Boot können wir unsere Sachen verstauen! Es hat sogar eine kleine Kajüte!", sagte ich erfreut.

Ich ging an Deck und erkundete das Boot. Es war alt und morsch. Die Kajüte war eingebrochen, die Bullaugen entlang des Rumpfes hatten keine Scheiben mehr. Irgendwie erinnerte mich das Boot an ein an den Strand gespültes Geisterschiff. Den Gedanken, darin zu schlafen, verwarf ich vorerst wieder. Als Versteck für unsere Sachen, die wir nicht ständig mit uns herumschleppen wollten, schien es aber ideal zu sein, und so wurde es während unserer Zeit in Tossa zu unserem festen Stützpunkt.

Irgendwann am nächsten Tag weckte mich die Sonne, die mit ihrer ganzen Kraft auf meinen Schlafsack schien. Hoch am Himmel stand sie schon - es musste Vormittag oder gar schon gegen Mittag sein. Ich hatte im Schutz der an die Felsen gelehnten Boote geschlafen. Als ich aus dem Schlafsack kroch, merkte ich ein unangenehmes Knirschen im Mund. Irgendwie musste ich Sand in den Mund bekommen haben. Doch das, was ich gleich darauf ausspuckte, war kein Sand - es waren unzählige kleine rote Ameisen, die im Schlaf in meinen Mund gekrochen sein mussten. Angeekelt spuckte ich solange, bis ich auch die letzte Ameise los war.

Etwas später, als auch Woifal aufgewacht und unter seinem Boot hervorgekrochen war, gingen wir in eines der Cafés an der Promenade auf ein Frühstück. Danach stellten wir uns die Frage, wovon wir von nun an leben wollten. Mein Geld war definitiv zu Ende, und auch Woifals Reisebudget war - nicht zuletzt auch durch den „Einkauf" in Barcelona - bedenklich geschrumpft.

„Versuchen wir es mit Betteln", schlug ich Woifal vor, als gegen Abend unser Hunger schon so groß war, dass wir uns irgendwie entscheiden mussten.

Woifal wirkte nicht begeistert.

„Ich kann das nicht", sagte er kopfschüttelnd.

„Ich versuch es mal!", bot ich mich an.

Auf der Suche nach irgendjemand, den man nach Geld oder Essen fragen konnte, schlenderten wir ziellos durch die Straßen von Tossa. Dabei kamen wir an der Rückseite eines kleinen Hotels vorbei. Die Tür zur Küche stand offen. Drinnen wurde eifrig das Abendessen vorbereitet. Das war die Idee! Ich stellte mich an die geöffnete Tür und sah mit möglichst mitleiderregendem Gesichtsausdruck hinein. Einer der

Köche wurde gleich auf mich aufmerksam. Er sagte irgendetwas auf Spanisch und kam zu mir her. Ich strich mit der Hand über die Stelle, wo sich mein Magen befinden musste und sagte das spanische Wort für Hunger. Der Koch nickte, deutete mir, einen Augenblick zu warten und kam nach kurzer Zeit mit einem halben Weißbrotleib, dick mit Wurst gefüllt, zurück.

„Schau!", sagte ich triumphierend zu Woifal, der ein wenig abseits auf mich gewartet hatte. „Das reicht leicht für uns beide!"

Am nächsten Tag hatte auch ich keine Lust mehr, um Essen zu betteln. Es war ein ziemlich peinliches, unangenehmes Gefühl gewesen. Außerdem konnten wir nicht schon wieder denselben Koch anbetteln. Und dass es in allen Hotels so großzügige Köche gäbe, bezweifelten wir. Womöglich würden wir beim nächsten Versuch weggejagt werden, und diese Erfahrung wollten wir nicht unbedingt machen.

„Vor dem Supermarkt stehen doch die Kisten mit Gemüse", fiel Woifal ein. „Vielleicht erwischen wir dort was zu essen!"

„Das wäre eine Möglichkeit", überlegte ich. „Schaun wir mal hin!"

Spät abends, als die Geschäfte endlich geschlossen hatten, machten wir uns auf den Weg. Beim Näherkommen stellten wir erfreut fest, dass die Gemüsekisten über Nacht draußen blieben. Allerdings waren sie nun mit einer Plane bedeckt und hinter einer gut verschlossenen Gitterwand.

„Es muss doch möglich sein, etwas herauszufischen", überlegte Woifal und sah sich nach einem geeigneten Hilfsmittel um.

Er fand einen dünnen Ast und versuchte, damit an die Kisten zu kommen. Doch der Ast war zu kurz. Er reichte gerade bis zu einem Haufen Kartoffeln am Boden. Nach einigen Versuchen gelang es Woifal, eine Kartoffel zu uns herzurollen. Ich griff mit der Hand durch das Gitter und holte sie heraus.

„Wir können ein Lagerfeuer machen und Kartoffeln in die Glut legen! Das schmeckt richtig gut!", schlug Woifal vor und versuchte gleich noch einmal, eine Kartoffel zu erwischen. Nachdem wir einige Kartoffeln herausgefischt hatten, blieb plötzlich ein Auto stehen, das über die Kreuzung gefahren war.

„Macht ihr das in Deutschland auch!?", rief einer der Insassen zu uns her.

Wir blieben am Boden hocken und versuchten, unsere Kartoffeln, so gut es ging, zu verdecken. Nachdem wir die Antwort schuldig geblieben waren, fuhr das Auto weiter.

„Gehen wir lieber", sagte ich zu Woifal.

„Ja, lass uns verschwinden, bevor sie mit den Geschäftsleuten wiederkommen!"

Zurück in unserer Bucht machte Woifal zwischen zwei großen Felsen ein Feuer. In kürzester Zeit brannte es schön hoch. Woifal warf noch einige Stöcke und Äste hinein, bis genügend Glut entstanden war, um die Kartoffeln hineinzulegen. Während die Kartoffeln in der Glut lagen, fachte der Wind das Feuer immer wieder von neuem an. Geduldig warteten wir, bis es heruntergebrannt war. Endlich war es soweit! Woifal nahm einen Stock, um die Kartoffeln herauszuholen. Doch das, was er nach einigem herumstochern fand, waren nur noch schwarze, verkohlte Reste. Die Kartoffeln waren verbrannt und unser Abendessen gestrichen.

Enttäuscht und hungrig gingen wir schlafen. Woifal unter sein Fischerboot und ich in den geschützten, ameisenfreien Rumpf der „Teresa".

Am nächsten Morgen waren wir uns einig: So konnte es nicht weitergehen!

„Wenn wir heute in den Supermarkt gehen, ziehe ich deinen Parka an. Der hat so viele Taschen. Da steck ich was ein", sagte ich zu Woifal.

„Glaubst du, das geht?", fragte Woifal unschlüssig.

„Sicher! Bei mir denkt sich doch keiner was. Dich mit deinen langen Haaren würde man eher verdächtigen!"

Dass ich mit dem alten, zerfransten Parka, der mir noch dazu zwei Nummern zu groß war, auch nicht sehr vertrauenserweckend aussehen würde, war mir nicht bewusst. Zumindest machte ich mir darüber keine Gedanken. Für mich war völlig klar, dass man bei einer Frau sowieso keinen Verdacht schöpfen würde.

Kurz vor unserem Besuch im Supermarkt schlüpfte ich in Woifals Parka. Hungrig streiften wir durch die Regale. Endlich wieder eine warme Mahlzeit – das war unser sehnlichster Wunsch! Wir entschieden uns für eine Dose Ravioli, die ich schnell in einer der großen Jackentaschen verschwinden ließ.

„Wie sollen wir sie aber essen?", fragte Woifal, nachdem wir den Supermarkt verlassen hatten. „Wir brauchen zumindest einen Löffel!"

„Gehen wir ein Stück die Altstadt hinauf. Da sind doch vor den Restaurants immer die schön gedeckten Tische!", fiel mir nach einigem Überlegen ein.

Wir machten uns auf den Weg in die Vila Vela. Die Tische der kleinen Restaurants waren bereits fürs Mittagessen gedeckt. Teller, Gläser, Servietten und Besteck - alles war vorhanden. Doch ununterbrochen gingen die Kellner ein und aus und ließen keine Gelegenheit für uns, auf die Schnelle ein Besteck zu ergattern. Suchend gingen wir weiter. Da schien plötzlich eines der kleinen Restaurants, so ziemlich das letzte am Weg zur Burg, ganz verlassen zu sein. Niemand war zu sehen. Wir warfen einen Blick durch die geöffnete Tür ins Innere. Auf einem Stuhl lehnte der Kellner und schien eine Siesta zu halten. Das war die Gelegenheit!

Langsam pirschten wir uns heran, schlichen vorsichtig zum nächstgelegenen Tisch, nahmen - eisern darauf bedacht, nur ja kein Geräusch zu verursachen - zwei Bestecke und – hörten plötzlich das energische, laute Rücken eines Sessels! Fluchend stürzte der Kellner auf uns zu, und wir rannten, rannten und rannten … die steile kopfsteingepflasterte Gasse hinunter zur Promenade, bis wir uns sicher waren, nicht verfolgt worden zu sein und keuchend stehen blieben!

„Puuh …, das ist gerade noch gut gegangen!", sagte Woifal.

Wir sahen uns an und lachten.

Die nächsten Tage wurden wir immer dreister. Aus einer Essensdose wurden zwei, zum Wecken Weißbrot stahlen wir Käse, und bald gönnten wir uns für die Abende am Lagerfeuer auch noch einige Tafeln Schokolade. Immer dicker wurde der Parka beim Verlassen des Geschäfts, und nie bezahlten wir mehr als das Wasser und das Brot.

So hatten wir schon mehr als eine schöne Urlaubswoche verbracht, als Woifal eines Tages sagte: „Jetzt ist auch mein Geld fast aus. Ich muss mir welches schicken lassen."

„Wie geht das ohne Wohnadresse?"

„Postlagernd. Meine Notstandshilfe müsste schon am Konto sein. Ich werde Eva gleich anrufen, damit sie so schnell wie möglich Geld schickt!"

Eva gehörte die Wohnung, in der Woifal und sie in einer Wohngemeinschaft lebten. Nach einem kurzen Telefonat war alles geregelt. In wenigen Tagen würden wir das Geld vom Postamt abholen können.

Am Abend begann es in Strömen zu regnen. Fest in unsere Schlafsäcke gehüllt lagen wir auf den Bänken der „Teresa" und erhofften uns, im hölzernen Rumpf unseres Geisterschiffes halbwegs trocken durch die Nacht zu kommen. Da spürten wir plötzlich, wie das Wasser überall durchsickerte. In kürzester Zeit standen unsere Schlafplätze unter Wasser. Woifal beschloss, schnell wieder unter eines der Fischerboote zu kriechen. Ich nahm mir vor, das Unwetter einfach zu ignorieren, schlüpfte noch tiefer in meinen Schlafsack und versuchte, nichts zu spüren, nichts zu hören und irgendwie einzuschlafen. Doch das gelang mir nicht. Die alten Balken ächzten und stöhnten, und beängstigend laut knarrte der Mast im Wind. Es hörte sich an, als würde das morsche Holz unter der Wucht des Regens jeden Moment bersten. Ich überwand meinen Ekel und legte mich zwischen den beiden Sitzbänken auf den Boden, wo es zwar voller Schmutz war, dafür aber einigermaßen geschützt und trocken schien. Doch der Wind wurde immer stärker. Mit seiner ganzen Kraft blies er den Regen einmal von der einen, dann von der anderen Seite durch die Bullaugen und ließ ihn unbarmherzig auf meinen Schlafsack niederprasseln, bis auch hier alles nass war.

Irgendwie verging die Nacht, und irgendwann musste ich tatsächlich ein wenig eingeschlafen sein. Das Kreischen der Möwen weckte mich. Der Tag hatte begonnen, und das Unwetter war wieder vorbei. Glatt wie ein Spiegel blitzte das Meer in der Morgensonne. Ich schlüpfte aus meinem Schlafsack und breitete meine nassen Sachen auf dem Deck der „Teresa" zum Trocknen auf.

Einige Stunden später kroch auch Woifal unter seinem Boot hervor. Er war ausgeschlafen und völlig trocken. Ich beneidete ihn und nahm mir vor, die nächste Nacht ebenfalls unter einem Fischerboot zu verbringen.

„Und du glaubst, ich kriege es alleine wieder hoch?", fragte ich zweifelnd, als es Abend wurde und damit Zeit, unter ein Boot zu schlüpfen.

Die Vorstellung, darunter eingeschlossen zu sein, behagte mir gar nicht.

„Wir können uns gemeinsam unter ein Boot legen! Da ist locker Platz für zwei!"

Woifal hob den Bootsrand hoch und ließ mich darunter kriechen. Dann schlüpfte auch er unters Boot. Es wurde dunkel um mich. Das Gefühl von Platzangst und Panik blieb aber wider Erwarten aus. Im Gegenteil. Ich fühlte mich wie unter einer schützenden Kuppel. Das Kreischen der Möwen und das Rauschen der Wellen waren nur noch gedämpft zu hören.

„Hier ist es ja total bequem … Das hätte ich mir nicht gedacht …"

„Hab ich dir ja gleich gesagt! Na dann … schlaf gut!"

So schliefen wir jeden Tag tief und fest bis in den Vormittag hinein. Und wenn wir zerzaust und verschlafen aus unserem Boot hervorkrochen, war der Strand jedes Mal bereits voll von Touristen, die uns verwundert, erschrocken oder vorwurfsvoll ansahen.

Einmal aber wurden wir ganz früh am Morgen wach. Ein plätscherndes Geräusch an der Bootswand hatte uns geweckt. Vorsichtig hob Woifal den Rand des Bootes, sodass ein kleiner Spalt entstand. Er schaute durch den Spalt und bemerkte einen verräterischen, nassen Fleck im Sand. Als er den Bootsrand noch ein bisschen höher hob, sah er gerade noch zwei Beine in Gummistiefeln, die sich vom Boot entfernten.

„Der Fischer hat auf unser Boot geschifft! So eine Sau!", flüsterte Woifal kopfschüttelnd. „Sucht der sich doch haargenau unser Boot aus!"

Die Situation war mehr komisch als ärgerlich. Ich musste unwillkürlich lachen.

„Naja …, wenn wir schon wach sind, dann gehen wir mal auf einen Kaffee und danach einkaufen!"

Woifal stand auf. Nachdem wir uns notdürftig im Meer gewaschen und unsere Zähne geputzt hatten, gingen wir in den Ort hinein.

Bei unserem Einkauf im Supermarkt gab es diesmal keine Tasche im Parka, die wir nicht vollfüllten. Die besten Schokoladen, verschiedene Käsesorten, mehrere Essensdosen, Dosen mit Fleischaufstrichen – wonach auch immer uns der Sinn stand – es wanderte in eine der Jackentaschen. Innentaschen, Außentaschen, Seitentaschen – alles war voll. Ausgestopft wie ein Plüschteddy stand ich vor der Kassa - als plötzlich ein Angestellter des Supermarktes erschien und sich neben uns stellte. Die Kassiererin tippte den Preis für die Flasche Wasser und den Wecken Brot in die Kassa. Dann fragte sie etwas und sah uns prüfend an. Ich verstand das Wort „saco". Dabei deutete sie auf den Parka, den ich anhatte. Was sie meinte, war offensichtlich, und ich spürte, wie mir heiß wurde. Woifal versuchte, die Situation zu retten.

„Nein, danke", sagte er, „wir brauchen keinen saco plastico!"

Er nahm Brot und Wasser und tat so, als würde er nichts verstehen. Da mischte sich der Angestellte neben uns ein. Auch er deutete auf meinen Parka und beharrte unmissverständlich darauf, dass ich das, was ich in der Tasche hätte, herausgeben sollte.

Ich stellte eine Essensdose auf das Förderband. Erstaunt sah der Angestellte auf die Dose und fragte nach dem Käse, den ich eingesteckt hätte. Nun war alles klar. Eigenhändig begann er, eine Tasche des Parkas nach der anderen zu durchsuchen, bis sich ein unglaublicher Berg an Lebensmitteln auf dem Förderband befand.

„Mafia!", sagte er kopfschüttelnd.

Die Kassiererin begann die Preise in die Kassa zu tippen und überreichte uns einen Bon über zweihundert Schillinge.

Woifal bezahlte. Es war sein allerletztes Geld gewesen, und es hatte haarscharf gereicht!

Als wir den Supermarkt verließen, wussten wir nicht, ob wir froh sein sollten, so glimpflich - und vor allem ohne Polizei - davongekommen zu sein, oder ob wir frustriert sein sollten.

„Was machen wir jetzt?", fragte ich ratlos.

„Gehen wir mal zum Postamt. Vielleicht ist mein Geld schon da", schlug Woifal vor.

Und wir hatten Glück! Das Geld war tatsächlich genau heute angekommen! Somit konnten wir noch eine Woche bleiben. Als aber schließlich auch Woifals Dope zu Ende ging, war es an der Zeit, nach Hause zurückzukehren.

So standen wir wieder tagelang an der Straße, bis wir nach zwei Tagen Italien erreicht hatten. Als wir am Brenner ankamen, war es spät in der Nacht. Wir stellten uns kurz nach der Grenzstation an den Straßenrand und hofften, bald von irgendjemandem mitgenommen zu werden. Doch wir hatten Pech. Jeder der stehen blieb, zeigte nur den Pass und fuhr an uns vorbei. Jetzt war besonders viel Geduld gefragt - so nah am Ziel und doch noch lange nicht zu Hause zu sein …

Endlich - irgendwann nach Mitternacht hielt ein Lieferwagen, mit dem wir bis kurz vor Innsbruck mitfahren konnten. Danach ein Geschäftsreisender in einem Citroen, der glücklicherweise nach Salzburg musste. Die komfortable Federung des Citroens ließ uns weich in die Sitze sinken. Fast lautlos glitten wir um halb drei Uhr morgens die leere Autobahn entlang. Als wir zwei Stunden später am Chiemsee vorbeifuhren, ging die Sonne auf. Ein großer, roter Feuerball erhob sich am Horizont. Der Anblick war atemberaubend schön.

Kurz vor sechs Uhr hatten wir Salzburg erreicht.

„Lass uns noch frühstücken!", schlug Woifal vor.

„Wo denn, um diese Zeit?"

„Ich kenne eine Bäckerei, die hat so gute Nusskronen! Und um halb sechs sperrt sie auf", schwärmte Woifal und hatte mich überzeugt.

Der Fahrer des Citroens setzte uns in der Nähe der Bäckerei ab, und wenig später genos-

50

sen wir heißen Kaffee und die besten Nusskronen der Stadt.

Nach einigen Tagen in Salzburg holte mich wieder die große Leere ein. Die Lebendigkeit der letzten Wochen verblasste immer mehr, und ein Einerlei an gleichförmigen Tagen reihte sich aneinander. Es waren diese stillen Tage, die schon vom Aufstehen an ein beklemmendes Gefühl in mir auslösten.

„Jetzt nur nicht allein sein", dachte ich. „Irgendwo muss ich hin. Zu Hause ersticke ich …"

Ich beschloss, Woifal anzurufen.

„Ich bin heute Abend mit ein paar Kumpeln beim Hirschenwirt. Wenn du willst, komm doch auch!", schlug er vor.

Heute war Freitag. Das bedeutete, dass Musiker des Salzburger Jazzclubs dort spielen würden. Eigentlich hatte ich keine große Lust, hinzugehen. Ehemalige Schulkollegen, die am Weg waren, Berufsmusiker zu werden, traten dort auch öfters auf, und ich hatte nicht das Bedürfnis, einen von ihnen zu sehen. Mit der Schule hatte ich abgeschlossen, eine Freundschaft zu meinen Mitschülern war nie entstanden, und ich war froh, dieses Kapitel hinter mir zu haben. Da ich aber auch nicht alleine zu Hause herumsitzen wollte, sagte ich Woifal zu.

Als ich kam, war der Gastraum gesteckt voll. Die „Salzach River Stompers" bemühten sich, ihr Bestes zu geben. Dixielandjazz der Dreißigerjahre erfüllte den rauchigen Gastraum und animierte das Publikum, mitzuswingen. Woifal saß mit einigen Freunden an einem Tisch weiter hinten.

„Das ist Hiss, das ist Stiebi", stellte Woifal sie mir vor. „Ehemalige Arbeitskollegen von mir."

Die beiden waren von der Sorte Männer, die sich lieber ohne Frauen trafen. Das merkte ich gleich. Sie grüßten kurz und ignorierten mich dann.

Ich bestellte mir ein Glas Rotwein. Meine Angewohnheit, den Wein zu zuckern, stieß bei Woifal immer wieder auf Verwunderung. Auch diesmal.

„Das könnte ich nicht trinken. Aber so geht er schneller ins Blut", meinte er und grinste.

In Wirklichkeit schmeckte der billige Rotwein einfach scheußlich und ein bisschen Zucker konnte meiner Meinung nach den Geschmack nur verbessern.

Die laute Musik im kleinen Gastraum verhinderte jede weitere Unterhaltung. So widmete ich mich meinem Glas Wein und versuchte, mich nicht überflüssig zu fühlen. Nach dem dritten Glas gelang es. Als mir Woifal nach ein bisschen „Schmähführen" mit seinen Freunden ein Mädchen in einer Zeitschrift zeigte und fragte: „Warum schaust du nicht so aus?", störte es mich nicht. Dass er bei seinen Freunden irgendwie gut dastehen musste, war mir klar. Überhaupt bei diesen beiden.

Als die Sperrstunde kam, war mein Kopf angenehm schwer.

„Was machst du morgen?", fragte ich Woifal beim Hinausgehen.

„Morgen muss ich was checken. Ich weiß noch nicht, wann ich zu Hause bin. Ruf mich übermorgen mal an."

„Kommst noch mit?", sagte Stiebi zu Woifal, während er mit Hiss vorausging.

„Ja, ich komme schon!"

Woifal beeilte sich, aufzuholen.

„Bis Sonntag!", rief er mir zu und ging mit den beiden die Straße entlang.

Am Sonntag stand ich spät auf. Als ich in die Küche kam, war das Mittagessen gerade fertig. Schweigend saß mein Vater beim Essen. Die Stimmung war schlecht, wie immer. Schon seit der Kindheit hatte ich meinen Vater als jähzornigen Menschen in Erinnerung, der aus dem Nichts, aus dem unheilvoll brütenden Schweigen heraus, Wutausbrüche haben konnte. Diese Wutausbrüche äußerten sich zwar „nur" in unterdrücktem Fluchen, das aber zog sich dafür tagelang hin und war dabei so hassvoll, dass es mir immer Angst gemacht hatte. Angst hatte ich jetzt nicht mehr, aber es drückte aufs Gemüt.

„Nichts wie weg", dachte ich.

Nach zwanzig Minuten war ich bei Woifal. Er war ebenfalls gerade aufgestanden und hatte die Musikanlage laut aufgedreht. „The Sporting Life" von Godley & Creme. – Are you bored, are you jaded, has all the enthusiasm faded …

„Willst du Kaffee?" fragte er.

Wir setzten uns an den kleinen, runden Tisch in der Küche, die mit allerlei Krimskrams eingerichtet war. Indische Elefanten, indonesische Holzfiguren, orientalische Schatullen und exotische Gewürze schmückten die Regale. Die Sessel waren bunt bemalt. Das Geschirr war in einer alten Kommode verstaut. Ein Teil davon türmte sich in der Abwasch. Woifal nahm eine der letzten sauberen Tassen aus der Kommode und goss Kaffee ein. Dann baute er einen Joint.

„Ich war gestern beim George", sagte er. „Zum Rauchen hab ich nichts aufgestellt, aber er hat mir ein bisschen Öl mitgegeben."

Woifal nahm einen Teil des in Haschischöls getränkten Tabaks, zerpflückte ihn und mischte ihn mit dem Inhalt einer Zigarette.

Neugierig sah ich zu. Haschischöl kannte ich nicht. Ich hatte einmal mit meiner Schwester in der „Camera" in Wien in ein kleines Stück „Libanesen" gekauft, die leichteste Sorte Haschisch. Es waren unsere ersten Versuche gewesen, Haschisch zu rauchen, und es hatte eigentlich nicht gewirkt. Wir hatten uns damals gefragt, was daran so toll sein sollte und es seither nicht mehr probiert. Erst in Tossa hatte ich wieder ab und zu bei Woifals Joints mitgeraucht, die Begeisterung dafür aber immer noch nicht teilen können. Vielleicht war es daran gelegen, dass ich nicht richtig inhalierte – das Gefühl, bekifft zu sein, hatte sich bei mir nie eingestellt.

Als der Joint fertig war, zündete ihn Woifal genussvoll an, rauchte ein paar Züge und reichte ihn mir weiter. Ich nahm einen Zug und versuchte, zu inhalieren, ohne dabei zu husten.

„Stiebi und Hiss haben mit mir beim Lautenschläger gearbeitet. Dort habe ich meine Lehre gemacht", knüpfte Woifal an den gestrigen Abend an.

„Was hast du denn gelernt?"

„Werkzeugmacher. Aber da steht man halt den ganzen Tag in einer Fabrikshalle herum. Nach dem Lehrabschluss habe ich damit aufgehört und meinen Zivildienst gemacht. Danach habe ich kurz bei der Post gearbeitet, als Aushilfe. Weil ich mir nichts Neues gesucht habe und den ganzen Tag zu Hause gewesen bin, hat mich mein Vater jeden Tag in der Früh aus der Wohnung gesperrt. Am Abend habe ich wieder hinein dürfen. Das war mir aber zu blöd. Deshalb bin ich dann ausgezogen."

„Die sind aber komisch, deine Eltern!"

„Ja, dass man nicht arbeitet, damit kommen sie gar nicht klar. – Ich habe dann beim Willi einziehen können. Er und seine Frau haben ein Kind bekommen und eine große Wohnung gemietet."

„Das war dort, wo ich dich im Jänner besucht habe? Und Willi war der Große mit den John-Lennon-Brillen?"

„Ja, genau der. – Doch bald darauf hat Willi die Wohnung nicht mehr bezahlen können. So hab ich mir was Neues suchen müssen und bei Eva dieses Zimmer hier bekommen."

Ich nahm einen Zug vom Joint.

„Der Stiebi und der Hiss sind aber irgendwie eigenartige Typen", sagte ich dann.

„Ja, der Stiebi geht noch", stimmte mir Woifal zu. „Aber der Hiss hat wirklich einen Knall. Angeblich haben ihn seine Eltern mit Medikamenten ruhig gestellt. Davon ist er dann komplett übergeschnappt. Er schläft maximal drei Stunden in der Nacht. Und wenn er nicht sauft oder kifft, dann rotiert er sowieso."

Woifal wechselte die LP. Frank Zappa mit „Yo Mama". Ich fragte mich, ob der Song einen Bezug zu ihm selbst hätte.

„Maybe you should stay with yo' mama, she could do your laundry 'n' cook for you, maybe you should stay with yo' mama, you're really kinda stupid 'n' ugly too …"

„Heute muss ich nochmal weg", sagte Woifal schließlich.

„Ja? Wohin?"

„Es gibt endlich Dope."

Damit hatte ich nicht gerechnet.

Als er meinen enttäuschten Blick sah, sagte Woifal verlegen: „Dich kann man halt nicht in ein Pfeiferl stopfen und rauchen. - Aber wenn du willst, kannst du hier bleiben. Du kannst dir auch noch einen Joint drehen."

Ich nickte und versuchte, mir meine Nieder-geschlagenheit nicht anmerken zu lassen.

Schließlich konnte ich ja bleiben. Und Woifal vertraute mir sein Dope an. Das war fast schon ein Liebesbeweis.

Später am Nachmittag, als Woifal weg war, beschloss ich, sein Angebot anzunehmen. Das wäre zumindest ein kleiner Trost, bevor ich wieder nach Hause gehen würde, dachte ich. Ich nahm die öldurchtränkte Tabakmischung, drehte das Zigarettenpapier rundherum und steckte ein Stück Pappe als Filter dazu. Meiner Meinung nach war der Joint halbwegs gelungen. Ich zündete ihn an und inhalierte tief. Das Haschischöl kratzte im Hals. Ich musste husten. Tapfer rauchte ich weiter, rauchte, inhalierte, hustete … und hatte den Joint schließlich fertig geraucht. Dann stand ich auf und machte mich auf den Heimweg. Beim Hinausgehen spürte ich, wie so etwas wie eine Wirkung einsetzte. Aber diese Wirkung war ganz anders, als ich sie mir vorgestellt hatte. Sie begann mit unangenehmem Herzklopfen. Ich versuchte, das Herzklopfen zu ignorieren, ging die Treppen hinunter und hinaus auf die Straße. Und dann ging ich … und ging …, und es fühlte sich an, als würde ich ewig gehen. Ich ging, und der Weg nahm kein Ende. Ich ging und hatte keine Ahnung, wie lange ich gegangen war. Das Herzklopfen wurde stärker. Ich spürte ein Gefühl von Panik in mir aufsteigen. Die Wohn-blockbauten waren hoch. Höher als sonst. Es war, als würden sie am Ende der Straße zu-sammenwachsen. Zugleich hatte ich das Ge-fühl, das Ende der Straße nie zu erreichen. Es war so weit weg. Und ich war bereits so lange gegangen.

Irgendwann war ich daheim angekommen. Mein Zeitgefühl hatte ich völlig verloren.

„Hoffentlich ist niemand zu Hause", dachte ich.

Meiner Mutter jetzt zu begegnen - das wäre eine Katastrophe. Sie würde sofort merken, dass mit mir etwas nicht stimmte.

Zum Glück war niemand da. Ich setzte mich in die Küche und sah aus dem Fenster. Sah auf den Hof hinaus, unseren Hinterhof, wo wir als Kinder gespielt hatten. Alle anderen Kinder, die ich gekannt hatte, hatten im „Garten" gespielt. Wir hatten im „Hof" gespielt. In unserem Hof mit den Wäschestangen, dem großen Kasta-nienbaum und der „Rinne" in der Mitte, die die beiden Wiesenflächen trennte und in einen Ka-nal mündete. Komisch. Irgendwie war die Kindheit plötzlich so nahe gerückt. Die Zeit spielte verrückt. Wieder kam ein panikartiges Gefühl in mir hoch. Ich ging in unser Zimmer, dem Kinderzimmer meiner Schwester und mir und legte mich auf die Matratze. (Die „Jugend-betten" hatten wir verbannt und stattdessen einen Sessel von IKEA gekauft, den man als Matratze umfunktionieren konnte). Dann döste ich vor mich hin und schlief ein.

Als ich aufwachte, war der ganze Spuk vorbei. Alles war normal. Die Zeit war wieder so lange und so kurz wie immer. Mein Vater war im „Dienst", das hieß, er war als Zugführer mit der Bahn unterwegs, und zu Hause war es friedlich. Meine Mutter hatte Abendessen hergerichtet. Meine Schwester war nicht zu Hause. Sie war wahrscheinlich bei ihrem Freund. Ich fühlte mich allein. Wie immer. Morgen würde ich Woifal anrufen. Das tröstete mich.

Als ich Woifal anrief, war er nicht da.

Ich probierte es zu Mittag wieder. Und am Nachmittag. Und später am Nachmittag. Und am Abend. Er war nicht da, und ich fühlte mich schrecklich alleine.

Irgendwie musste ich die Nacht überstehen. Danach würde es morgen sein. Und ich würde Woifal anrufen, und er würde den Hörer abheben, und alles würde so sein wie immer.

Ich wachte auf, sah den Tag ins Fenster fallen und hatte doch kein Zutrauen zu diesem Tag. Mit einer unguten Vorahnung wählte ich

Woifals Nummer. Und er war wieder nicht da. Ich probierte den ganzen Tag, Woifal zu erreichen. Er war und blieb wie vom Erdboden verschluckt. Immer war Woifal hier gewesen. Nun tat sich ein Loch in mir auf.

Erst am übernächsten Tag hob Woifal endlich den Hörer ab. Ein Stein fiel von meinem Herzen, als ich seine Stimme hörte.

Nach dem Mittagessen ging ich zu ihm.

„Wo warst du denn?", fragte ich, sogar ein bisschen vorwurfsvoll, obwohl ich eigentlich kein Recht dazu gehabt hätte.

„Ich war bei einem Festl. Und habe auch was zum Rauchen aufgestellt. – Du – wo hast du eigentlich die restliche Ölmischung hingegeben?"

„Die Ölmischung? Da war nichts mehr übrig."

„Nichts mehr übrig? Wie viele Joints hast du denn geraucht?"

„Einen."

„Einen? Die ganze Mischung hast du in EINEN Joint getan?"

Ich nickte.

„Das waren mindestens fünf Rauch oder mehr!", sagte Woifal fassungslos.

Und nach einer kurzen Pause: „Wie ist es dir denn danach gegangen!!?"

Ich beschrieb meine Erlebnisse mit der Zeitlosigkeit, der Panik und den zusammenwach-
senden Wohnblöcken.

„Das hört sich ja an wie ein Horrortrip! Kein
Wunder bei dieser Mischung!"

Woifal schüttelte den Kopf und lachte.

„Das war eindeutig eine Überdosis!"

Woifal hatte in meinem Leben einen Stellenwert eingenommen, den ich nicht geplant und
nicht vermutet hätte. Ich merkte, dass sein
Witz, sein Humor, seine Art, das Leben zu leben und vor allem, die Gegenwart zu genießen,
wunderbar gut tat. Und ich merkte, dass ich ihn
mir aus meinem Leben nicht mehr wegdenken
konnte. Immer öfter besuchte ich ihn in seinem
WG-Zimmer, das nur mit einem Bett aus seinem ehemaligen Jugendzimmer und einem alten, weiß gestrichenen Vitrinenschrank eingerichtet war. Seine wenigen Sachen, die sich
nicht in Kartons, sondern in der Vitrine befanden, waren die Schallplatten und die Musikanlage. Morgens nach dem Aufwachen liebte ich
es, in Überlautstärke „Hey You" von Pink
Floyd zu spielen, ein Song aus „The Wall", der
zuerst ganz ruhig, nur mit einer akustischen Gitarre begann. Nach dem Gitarrensolo setzten
Schlagzeug und Gesang ein. Der Text handelte

von Pink, der eine imaginäre Mauer um sich errichtete, um Gefühle von sich abzuschirmen und feststellen musste, dass er dadurch von der Außenwelt abgetrennt war. Diejenigen außerhalb der Mauer konnten ihn nicht mehr hören, sehen oder fühlen. Und er kam zu der Erkenntnis: „Together we stand, divided we fall …" - nur gemeinsam können wir bestehen, getrennt sind wir verloren!

Zu Hause war ich immer weniger. Mein Vater kam überhaupt nicht damit klar, wenn Woifal läutete, um mich abzuholen oder gar hereinkam und kurz blieb. Langhaarig und arbeitslos – das passte nicht in das kleinbürgerliche Bild einer heilen Welt.

Und doch war es für mich eine heile Welt! Ich lernte, dass es außer Quizshows, Krimis und Fernsehtheater auch andere Programme gab, natürlich erst nach zehn Uhr abends, wo zu Hause bereits striktes Fernsehverbot herrschte. Ich machte die Erfahrung, dass man auch ohne frisch bezogener Bettwäsche gut schlafen konnte und dass zum Frühstück Speck vom Diskonter besser schmeckte als Nutellabrot und sogar bis zum Abend satt machte. Ich nahm immer öfter ein paar Züge von Woifals Joints, und ich hörte Musik nur noch weit über Zimmerlautstärke. Kurz – ich begann das Leben zu genießen und eine Art von Freiheit kennen zu lernen, von der ich bisher nichts gewusst hatte.

Und als Woifal eines Tages sagte, dass er von hier ausziehen müsse, war meine Antwort sofort: „Ich will auch von zu Hause ausziehen! Suchen wir uns gemeinsam was!"

„Ich weiß nicht, ob ich mir das leisten kann. Ich bekomme nur Notstandshilfe. Mein Geld reicht maximal für ein WG-Zimmer", meinte Woifal.

„Ich habe auch ein bisschen Geld. Da ich immer noch als Schülerin angemeldet bin, bekommen meine Eltern Familienbeihilfe für mich. Und wenn ich nicht mehr daheim wohne, müssen sie mir das Geld ja geben."

„Eine Zwei-Zimmerwohnung kostet um die vier- bis fünftausend Schillinge monatlich."

„So viel? Naja - mit meinem Geld wäre zumindest die Hälfte davon bezahlt. Und zum Leben braucht man ja nicht viel."

„Hast du eine Ahnung!", entgegnete Woifal. „Das Leben ist ganz schön teuer! Aber trotzdem. Eine günstige Wohnung könnte sich ausgehen."

So begannen wir, gemeinsam eine Wohnung zu suchen. Wir kauften jeden Freitagabend die

Frühausgabe der Samstagzeitung, um möglichst unter den ersten Interessenten zu sein. Doch die Wohnungen, die wir uns hätten leisten können, waren meist schon weg. Kam ein Besichtigungstermin zustande, war irgendein Nachteil in Kauf zu nehmen. Einmal bestand die Wohnung aus zwei ausgebauten Räumen im Keller, ein anderes Mal hätten wir Hausmeisterarbeiten übernehmen müssen. Oft war auch Kapital für Ablöse oder Kaution nötig, was wir natürlich nicht hatten. Und in den übrigen Fällen erhielten wir Absagen. Spätestens bei der Nachfrage, welchen Beruf wir ausübten, verspielten wir alle Chancen. Arbeitslose Mieter wollte niemand haben. Und Woifals lange Haare trugen ebenfalls nicht dazu bei, dass wir in die engere Auswahl gekommen wären.

„Schau mal!", machte ich Woifal eines Abends auf ein Inserat aufmerksam, als wir wieder einmal den Wohnungsmarkt durchsuchten. „Eine Zwei-Zimmerwohnung in der Paracelsusstraße! Im Preis sind sogar Heizkosten und Strom enthalten! Nächsten Samstag um 15 Uhr ist der Besichtigungstermin! Das wär doch was!"

Die Wohnung erfüllte alle unsere Kriterien. Sie war in Bahnhofsnähe, was Woifal wichtig war, sie war relativ günstig, und es war keine Kaution zu zahlen. Wir mussten sie bekommen!

„Diesmal gehe ich allein hin", sagte ich zu Woifal. „Wenn sie dich mit den langen Haaren sehen, haben wir wieder keine Chance!"

Ich zog mein schönes Wollstoffkostüm an: Hellbrauner Rock, dezent karierter Blazer mit Lederaufsätzen und altrosafarbene Rüschenbluse. Einen besseren Eindruck konnte niemand mehr machen! Damit würde ich bestimmt alle Mitbewerber ausstechen!

Pünktlich erschien ich, wohlweislich ohne vorher mit Woifal einen Joint geraucht zu haben. Ein großer, grauer Wohnblock erhob sich vor mir. Ich läutete. Das Summen des Türöffners ertönte. Ich fuhr mit dem Lift in den fünften Stock. Die Wohnungsbesitzerin, eine freundliche Frau aus der Steiermark, die zu diesem Termin extra angereist war, bat mich herein. Ich stellte fest, dass ich die einzige war, die die Wohnung besichtigte. Und ich bekam sie sofort. Der Eindruck, den ich machte, war sogar so gut, dass ich nicht einmal nach meinem Beruf gefragt wurde. Am nächsten Samstag sollte ich zur Schlüsselübergabe und zum Unterschreiben des Mietvertrags wiederkommen.

Diesmal kam ich mit Woifal gemeinsam. Mit leicht irritiertem Blick auf Woifal nahm uns die nette Frau in Empfang. Woifal registrierte die alten Tapeten und die düsteren Möbel der sechziger Jahre, die natürlich auch schon abgewohnt aussahen.

„Eigentlich haben wir selber Möbel", sagte Woifal. „Können wir unsere mitnehmen und diese hier weggeben?"

„Ja", gab die Frau zögernd zur Antwort, „das geht schon."

„Und der Mietvertrag ist nur für ein Jahr?", fragte Woifal skeptisch, als es um die Vertragsbedingungen ging. „Kann er danach verlängert werden?"

„Naja, es ist so, dass im August, also zur Festspielzeit, immer meine Schwester kommt und für einen Monat bleibt …", wandte die Frau bedauernd ein.

„Das trifft sich ja gut!", entgegnete Woifal. „Wir fahren sowieso auf Urlaub! Wenn wir für August keine Miete zahlen müssen, überlassen wir der Schwester die Wohnung und ziehen im September wieder ein!"

Kurz schien die Frau zu überlegen. Dann stimmte sie unserem Vorschlag zu. Froh über diese Lösung unterschrieben wir den Vertrag und nahmen die Schlüssel entgegen.

Bevor wir einzogen, ließen wir die Wohnung gänzlich entrümpeln. Alles kam hinaus. Der ganze Mief der sechziger Jahre wurde zerlegt, auf einen LKW verladen und weggeschafft. Danach mussten die uralten Tapeten runter von den Wänden und neue Farbe hinauf. Woifal schlug erdiges Terracottarot für den Wohnraum und hellblau für das Schlafzimmer vor. Das Ergebnis war allerdings nicht ganz ident mit unseren Vorstellungen: Der Wohnraum war orangerot und das Schlafzimmer knallig aquariumblau geworden.

In den nächsten Tagen besorgten wir die Möbel. Meine Mutter schenkte mir das Geld eines Bausparvertrags, den sie für mich angelegt hatte und der nun zur Auszahlung kam. Wir fuhren damit zu Ikea und kauften eine Sitzgruppe aus Holz mit weiß und braun gestreiften Polstern, ein kleines Regal, ein Bett, das das Design einer Kiste hatte und einen flauschigen, weißen Flocatiteppich. Für unsere Kleidung erwarben wir einen kleinen Bauernkasten vom Trödler.

Wir waren zufrieden und fanden unsere Wohnung wunderschön, auch wenn Woifals Freunde jedes Mal grinsten, sobald sie unser blaues Schlafzimmer sahen.

„Das ist ja wie im Hallenbad!“, wurde gewitzelt.

Oder: „Fühlt ihr euch da nicht wie in einem Aquarium?“

Woifal hatte viele Freunde. Sie kamen jeden Tag und blieben meist bis spät in die Nacht. Dabei wurden unzählige Joints geraucht. Kaum hatte ein Joint die Runde gemacht, wurde auch schon von irgendwem der nächste angebaut.

Bisher hatte ich (bis auf die Überdosis Haschischöl) keine richtige Wirkung gespürt und mich gewundert, was daran so toll sein sollte. Doch allmählich änderte sich das. Ein paar Züge – dann entstand auch schon dieses angenehm wohlige Gefühl in mir. Das Licht wurde wärmer, die Musik intensiver, die Gespräche witziger. Ich bekam oft richtige Lachkrämpfe, ohne zu wissen, warum. Es genügte ein Wort, ein Gesichtsausdruck, eine kurze Stille - was auch immer – in diesem Augenblick wirkte es einfach zu komisch, zu witzig, zu albern. Irgendwann kam auch immer der Moment der Heißhungerattacken, dem sogenannten „Fresskick“. Dann ging schnell jemand zur Tankstelle, die ganz in der Nähe war und bis spät abends geöffnet hatte, und holte Schokolade. Und natürlich schmeckte die Schokolade viel besser, viel intensiver, viel unwiderstehlicher als sonst.

Und so war es auf einmal ganz und gar unangenehm, als plötzlich das Dope zu Ende war.

Woifals Vorschlag: „Schauen wir doch mal beim Michi oder beim Hermann vorbei!", brachte auch nicht die erhoffte Abhilfe. Hermann war, obwohl nur „Wagerlschieber" im Krankenhaus, ein überheblicher Typ und ließ uns nicht mal rein. Michi war einer, der das Leben leicht nahm, eine eigene Garconniere vom vorzeitig ausbezahlten Erbe seiner Mutter besaß und einen roten 5er BMW fuhr. Er war witzig, kommunikativ und hatte meistens Dope. Doch diesmal herrschte auch bei ihm Flaute.

Wieder zu Hause, kratzten wir die kleine Dose aus, wo wir unser Dope aufbewahrt hatten. Etwas von dem Harz war am Rand kleben geblieben, und als Woifal es mit dem Feuerzeug erwärmt und mit dem Tabak vermischt hatte, täuschte es zumindest das Gefühl vor, einen Joint zu rauchen. Danach öffnete Woifal alle Kippen im Aschenbecher – zum Glück waren es viele – und rollte aus den verbrannten Resten noch einen zweiten Joint. Es schmeckte scheußlich, aber ein klein wenig setzte die Wirkung dann doch ein.

Am Weg durch die Stadt traf Woifal eine Bekannte. Die Füllung ihres vorderen Schneidezahns war herausgebrochen. Sie brauchte dringend Geld. Und hatte Dope! Die nächsten Tage waren gerettet.

Und nachdem Woifal alle seine Freunde abgeklappert hatte, gab es tatsächlich jemanden, der wusste, wo etwas zu bekommen war. Endlich gab es Nachschub!

Woifal kaufte gleich zwanzig Gramm. Das sollte eine Zeit lang reichen. In freudiger Erwartung drehte er zu Hause einen Joint für uns. Doch als er das Dope anheizte, fehlte die weiche, harzige Konsistenz. Es blieben harte Krümel.

„Scheiße! Das ist mit Henna gestreckt!", fluchte er.

Und als wir fertig geraucht hatten, stellte sich heraus: Es hatte überhaupt keine Wirkung!

„Am besten wäre, wir würden selbst nach Amsterdam fahren", sagte Woifal dann.

„Nach Amsterdam? Warst du dort schon mal?"

„Ja. Es ist sooo super dort! Stell dir vor, in Amsterdam gibt es Coffee Shops - das sind Bars, wo Haschisch verkauft wird! Man sucht sich einfach aus einer Karte aus, was man rauchen möchte! Und man kann alles kaufen, was man nur will! Dope, Gras, Space Cake … Du bestellst einen Kaffee und einen Joint dazu! Oder Kaffee mit Space Cake!"

Woifal geriet ins Schwärmen.

Für mich klangen seine Schilderungen, als würde er von einem Schlaraffenland erzählen. Ich konnte kaum glauben, was ich hörte - eine „Speisekarte", aus der man sich die gewünschte Sorte Dope aussuchte? Diese Vorstellung war fast absurd …

„Was ist Space Cake?", fragte ich dann.

„Das ist Kuchen mit Haschisch drinnen. Der wirkt!"

Dann schlug Woifal vor: „Fahren wir doch nach Amsterdam! Machen wir uns ein paar schöne Tage. Und nehmen wir uns ein bisschen was mit."

„Etwas mitnehmen? Wie denn?! Ist das nicht viel zu gefährlich? Wie kommt man denn mit dem Dope über die Grenze!?"

„Man muss es am Körper verstecken. Im Zug wird nur das Gepäck kontrolliert und rausgeholt wird man nur, wenn es einen wirklich begründeten Verdacht gibt."

Ich überlegte kurz.

„Und wie, glaubst du, könnte es klappen?"

„Wenn du dein Wollstoffkostüm anziehst und wir nicht im selben Abteil sitzen, dann wirst du ganz bestimmt nicht kontrolliert!"

Allmählich siegte der Gedanke, gutes Dope zu einem günstigen Preis zu bekommen. Und Amsterdam – das klang nach Abenteuer!

Woifal hatte mich überzeugt.

Nach einer Nacht im Zug kamen wir um zehn Uhr vormittags in Amsterdam an. Nieselregen und kühler Nordwind empfingen uns, als wir aus dem Bahnhof traten.

„Hier ist es aber kalt!"

Frierend zog ich die Kapuze meines Plüschmantels über den Kopf.

„Ja, hier bläst immer der kalte Nordwind", sagte Woifal, während er den Kragen seiner Jeansjacke aufstellte. „Suchen wir uns gleich hier im Zentrum ein Zimmer in einer Jugendherberge. Dann haben wir nicht weit zu den Coffeeshops!"

Wir gingen über den großen Vorplatz, an dessen Ende die Anlegestellen der Ausflugsboote lagen. Was aussah wie ein Fluss, war bereits eine der Wasserstraßen, die in zahlreiche Kanäle mündete.

„Amsterdam wird auch Venedig des Nordens genannt", erklärte mir Woifal, als wir daran vorbeigingen. „Und die Wasserstraßen heißen hier Grachten. Wir müssen unbedingt eine Grachtenrundfahrt machen, solange wir hier sind!"

Nachdem wir die Bootsanlegestellen hinter uns gelassen hatten, erreichten wir einen der ersten Kanäle, der von schmalen, schiefen Giebelhäusern gesäumt war. Zahlreiche kleine Läden und Bars bildeten einen bunten Kontrast zu den braunen Backsteinfassaden.

„Das hier ist der Voorburgwal, eine der kleineren Grachten Amsterdams. Am Voorburgwal ist auch Amsterdams erster Coffeeshop, „The Bulldog". Da gehen wir dann gleich hin, sobald wir ein Zimmer gefunden haben."

Wir bogen in eine kleine Seitenstraße ein und hatten kurz darauf unser Ziel erreicht. „Easy Stay" stand auf einem Neonschild über dem Eingang eines kleinen Backsteinhauses.

„So. Schauen wir mal, ob hier was frei ist", sagte Woifal und trat ein.

Der Typ an der Rezeption bot uns ein Stockbett in einem Zimmer an, das bereits von zwei amerikanischen Touristen bewohnt war. Woifal sagte sofort zu. Die Lage war günstig, und es war ein Glück, gleich hier im Zentrum und im Rotlichtviertel De Wallen eine Unterkunft gefunden zu haben.

Beim Betreten des Zimmers stieg uns sofort der unverkennbare Geruch von Gras in die Nase. Logischerweise waren die beiden Amerikaner ebenfalls des Haschischs wegen nach Amsterdam gekommen. Wir verstauten unsere Sachen und machten uns dann auf den Weg zum „Bulldog".

Das blaue Schild über dem Eingang mit dem Markenzeichen des Coffeeshops - einer zähnefletschenden Bulldogge mit Stachelhalsband – war schon von weitem zu erkennen. Die Fassade war von einem bunten, psychedelischen Wandgemälde geschmückt. Drinnen verbreiteten dunkle Tische und kuhfellgeschmückte Bänke Pub-Atmosphäre. Über der großen Bar hingen einige Poster, auf denen Bulldoggen Billard spielten, gemeinsam ein Bong rauchten oder mit fetten Joints in der Schnauze beim Pokerspiel saßen.

Nachdem wir uns an einen Tisch weiter hinten gesetzt hatten, brachte der Barkeeper die Karte. Ich schlug sie auf und glaubte, meinen Augen nicht zu trauen!

„Pre-rolled Weed Joints, Pre-rolled Hash Joints. Maroc, Nepal, Afghan. Jamaica, Sinsemilla und Thai", stand darin geschrieben und dann die Namen von Spezialitäten wie „Purple Haze, White Widow oder Super Polm."

Es war genau so, wie Woifal es beschrieben hatte! Man konnte tatsächlich aus verschiedenen Sorten Haschisch und Gras wählen oder fertig gerollte Joints bestellen!

Woifal bestellte zwei Kaffee und ein Gramm Jamaica Gras, aus dem er gleich einen Joint drehte. Kaum hatten wir den Joint geraucht, waren Woifals Augen rot wie die eines Kaninchens.

„Wow, das fährt ein!", schwärmte er und baute sofort einen zweiten an.

Nachdem wir auch diesen geraucht hatten, spürte ich, wie mein Mund trocken wurde. Ich bekam ein wenig Herzklopfen und hatte das Bedürfnis, nur noch vor mich hinzustarren.

Woifal hingegen war voll in seinem Element. Er bestellte auch schon das Dope, das wir mit nach Hause nehmen wollten. Da es die Menge, die man im Gastraum kaufen konnte, überstieg, wurden wir aufgefordert, mit in den Kellerraum zu kommen. Wir gingen eine Etage tiefer und befanden uns in einem Raum mit Billardtisch und Ledersofas. Der Barkeeper bot uns an, Platz zu nehmen und ließ uns kurz allein. Als er zurückkam, wanderten hundert Gramm Grüner Marokkaner in Woifals Jackentasche.

„Jetzt essen wir aber noch einen Vanille Flan!", schlug Woifal vor, als wir wieder im oberirdischen Teil des Coffeeshops waren.

Der „Fresskick" war dafür verantwortlich, dass der Pudding einfach himmlisch schmeckte und jeder Löffel davon förmlich auf der Zunge zerschmolz. Kurz bevor wir gingen, kaufte Woifal noch etwas Sinsemilla Gras, eine Spezialität, die man in Salzburg nur vom Hörensagen kannte. Und nachdem wir einen letzten Joint geraucht hatten, verließen wir den Coffeeshop. Beim Hinausgehen spürte ich plötzlich, wie mein Herz raste. In meinen Beinen prickelte es. Ich hatte das Gefühl, jeden Moment umzukippen und schaffte es gerade noch wenige Meter weiter auf die Stufen einer Bar, um mich hinzusetzen. Dass es leicht regnete, störte mich nicht. Im Gegenteil – das nasskalte Wetter tat in diesem Moment sogar gut. Woifal setzte sich neben mich und wartete geduldig mit mir ab, bis die Auswirkungen des Jamaica Grases wieder abgeflaut waren. Später erzählte er mir, dass wir ausgerechnet vor einer „Schwulenbar" stundenlang umarmt gesessen waren.

Nachdem ich mich wieder erholt hatte, machten wir die Grachtenrundfahrt. Völlig stoned saßen wir im Ausflugsboot, durchfuhren unzählige Kanäle und ließen die spitzgiebeligen, schiefen Häuser an uns vorüberziehen. Danach streiften wir durch das Rotflichtviertel, wo Woifal mir unbedingt die Schaufenster mit den leicht bekleideten Prostituierten zeigen wollte. Dass man sich eine davon genauso aussuchen konnte, als würde man eine Jean kaufen gehen, war für mich sehr befremdend. Aber Amsterdam war eben anders, eine ganz und gar freie, tolerante Stadt in jeder Hinsicht.

Zum Abendessen besuchten wir im Chinesischen Viertel Amsterdams ein Indonesisches Restaurant. Hier hatte man die Gewohnheit, Erdnusssauce über die Speisen zu geben, was in unserem eingerauchten Zustand wieder besonders köstlich schmeckte.

Als wir zurück in die Jugendherberge kamen, waren die zwei Amerikaner gerade damit beschäftigt, etwas Dope auf die Heimreise zu schicken. Dazu pressten sie weichen Schwarzen Afghanen in ganz dünne Platten, gaben diese in Briefkuverts und schrieben auf die Rückseite: „Care the photos! Please don't bend !"

Wir hingegen verpackten unser großes Stück möglichst geruchsdicht in Stanniolpapier und Cellophan, änderten an der Form jedoch nichts.

Verwundert fragten die Amerikaner, wo, um Himmels Willen, wir denn dieses Stück verstecken wollten?!

Den nächsten Tag verbrachten wir noch im Vondelpark, und, als uns das Wetter gar zu kalt wurde, in einer Galerie, wo wir die Bilder zeitgenössischer holländischer Künstler ansahen. Danach war es an der Zeit, alles für die Heimreise vorzubereiten. Ich verstaute das Dope an meinem Körper und zog mein schönes Kostüm mit der dazu passenden alstrosafarbenen Rüschenbluse an. Dann gingen wir zum Bahnhof. Von nun an ließen wir einen großen Abstand zueinander. Woifal stieg in einen Waggon ganz hinten ein, ich weiter vorne. Langsam wurde ich nervös. Meine große Sorge war, dass womöglich Zöllner mit Hunden den Zug kontrollieren würden. Und die Hunde würden das Haschisch bestimmt riechen!

Ich suchte ein freies Abteil, verstaute meinen Koffer in der Gepäckablage und setzte mich ans Fenster. Langsam füllte sich der Zug. Ein paar junge Niederländerinnen setzten sich zu mir. Aufgeregt redeten sie durcheinander. Ich hörte zu und versuchte, etwas von ihrer Unterhaltung zu verstehen. Irgendwie klang Niederländisch wie eine Mischung aus Englisch und Deutsch. Einzelne Wörter konnte ich ausmachen, aber doch zu wenig, um ihre Gespräche mit anhören zu können.

Der Zug fuhr ab. Ich sah aus dem Fenster, überlegte, ob man mir meine Nervosität anmerkte, versuchte mir einzureden, dass ich genauso unbehelligt reisen würde, wie immer. Und doch hatte ich ein ungutes Gefühl, wenn ich an die Grenze dachte. Was sollte ich antworten, wenn man mich fragen würde, was ich in Amsterdam gemacht, wo ich gewohnt hätte?

Tausend Fragen gingen durch meinen Kopf.

Der Schaffner ging durch und kontrollierte die Fahrkarten. Ich reichte ihm meine und versuchte, an seinem Blick abzulesen, ob er mir meine Nervosität ansah.

Der Zug hielt in Arnheim. Die Hälfte der Strecke zur Grenze war geschafft. Eine halbe Stunde noch. Mir wurde immer mulmiger zumute.

Und dann: Venlo. Der Grenzbahnhof.

Der Zug blieb stehen. Wir warteten etliche Minuten, die sich wie Stunden anfühlten. Fünf Minuten. Zehn Minuten.

Die Niederländerinnen sahen aufmerksam aus dem Fenster. Dem Tonfall zu schließen, schienen sie sich ebenfalls zu fragen, warum wir hier solange hielten. Wieder strengte ich mich an, zu verstehen, was gesprochen wurde. Im Laufe der Fahrt hatte ich mich ein wenig in die Sprache hineingehört. Ich glaubte, zu verstehen, dass sie sich darüber unterhielten, ob die Zöllner schon eingestiegen wären. Und dann, ganz deutlich, sagte eine von ihnen: „Wie stapt in? Mens met Hond?"

Mir stockte der Atem. Das hieß doch tatsächlich „Mann mit Hund"!

„Nee. Vrouw mit Hond."

Unauffällig sah ich in die Richtung, die von den Niederländerinnen beobachtet wurde. Eine Frau mit einem grauen Pudel an der Leine stand vorm Zug. Ein Stein fiel von meinem Herzen!

Endlich fuhr der Zug an. Wenig später wurde die Abteiltür aufgeschoben.

„Paspoort!"

Zwei Zöllner standen im Abteil – zum Glück ohne Hund!

Ich zeigte meinen Pass und versuchte, möglichst gelangweilt dreinzuschauen.

Nach einem kurzen Blick auf die Pässe waren die niederländischen Zöllner wieder draußen. Auch die deutschen Zöllner stellten keine Fragen.

Die erste Kontrolle hatte ich überstanden!

Längere Zeit später, als ich mir sicher sein konnte, dass keine Zöllner mehr im Zug waren, ging ich durch die Waggons, um Woifal zu finden. Er würde sich sicher schon fragen, ob alles gut gegangen wäre, dachte ich. Im letzten Waggon entdeckte ich ihn. Er sah mich und grinste mir heimlich zu. Ganz kurz sah ich ihn an, ebenfalls zuversichtlich lächelnd, dann ging ich zurück.

Am nächsten Morgen bei der Einreise nach Österreich war ich nicht mehr ganz so nervös. Alles war wieder so vertraut und gewöhnlich wie immer. Bei der Passkontrolle hatte ich beinahe selbst schon vergessen, dass ich Haschisch schmuggelte. Kurz danach fuhren wir in Salzburg ein. Ich nahm meinen Koffer aus der Gepäcksablage und stieg aus. Erst als ich das Bahnhofsgebäude verlassen hatte, blieb ich stehen und wartete auf Woifal, um gemeinsam mit ihm nach Hause zu gehen.

In der Wohnung angekommen, zog ich sofort mein Wollstoffkostüm aus und machte es mir in meiner selbstgenähten Hose im Leopardenlook bequem. Woifal packte das Dope aus.

„Jetzt bau ich uns gleich einmal einen an!"

Während Woifal sich an seine Lieblingsbeschäftigung machte, ging ich in die Küche, um Kaffee zu kochen. Das Geschirr, welches wir ungewaschen zurückgelassen hatten, türmte sich immer noch in der Abwasch. Mit dem Unterschied, dass die Speisereste nun eingetrocknet waren. Ich stellte Wasser auf. Zum Glück war noch etwas gemahlener Kaffee in unserer Uralt-Kaffeemühle, die von der Tante unserer Vermieterin in der Küche verblieben war. Da wir keine Filterkaffeemaschine besaßen, brühten wir den Kaffee immer von Hand auf. Ich gab den Kaffeepulverrest in den Filter, stellte den Filter auf die Glaskanne und goss das heiße Wasser darüber. Als es durchgeronnen war, leerte ich den Kaffee in zwei Tassen und setzte mich zu Woifal, der inzwischen den Joint fertig hatte. Frank Zappas „Village oft he Sun" tönte in angenehmer Lautstärke aus den Boxen. Genussvoll rauchten wir den Joint. Das Geschirr in der Küche war nicht mehr so wichtig. Ein angenehm zufriedenes Gefühl stellte sich ein, vermischt mit ein bisschen Müdigkeit von der Nacht im Zug. Nach dem nächsten Joint spürte ich, dass ich Hunger hatte.

„Ich geh mal rüber in den Konsum und kauf was ein", sagte ich zu Woifal.

„Ja, passt. Dafür baue ich in der Zwischenzeit noch ein Gerät für uns."

Ich ging durch die Regale. Schwarzbrot, ein bisschen Salami, Kaffee und Schokolade. Das würde fürs Erste genug sein. Der Supermarkt war zum Glück gleich gegenüber. Wenn wir noch was brauchten, hatten wir ja nicht weit. An der Kassa standen einige Leute. Ich stellte mich mit meinen wenigen Sachen dahinter an und wartete, bis der Inhalt der vollen Einkaufswägen auf dem Förderband lag, eingetippt und bezahlt wurde. War es der leere Magen, war es Woifals gut gemeinte Mischung –

ich spürte, wie mein Herz klopfte und meine Knie weich wurden. Entweder, ich würde mich jetzt ganz schnell irgendwohin setzen, oder ich würde umkippen. Langsam atmete ich ein und dann wieder aus. Es half nichts.

„Ich muss mich mal setzen. Mir ist schwindlig geworden", sagte ich und ging an der Kassa vorbei Richtung Packtisch, wo ich mich anlehnte und noch einmal tief durchatmete.

Hilfsbereit ließen mich die Wartenden vor. Die Kassiererin tippte meine Sachen ein. Ich reichte ihr das Geld und beeilte mich, nach Hause zu kommen.

„Puuh. Jetzt habe ich im Konsum einen Kreislaufflash bekommen!", sagte ich zu Woifal, als ich wieder zurück war.

„Wieso rauchst denn auch so viel?!", entgegnete er lachend. „Ich glaube, wir sollten mal was essen. Auf leerem Magen ist es doch ein bisschen zu stark, das Dope!"

Ich gab Woifal recht. Nachdem ich mich wieder erholt hatte, ging ich in die Küche und bereitete aus dem Schwarzbrot, bedeckt mit Salami und viel Zwiebel ein paare Toasts im Backofen, ein schnelles Essen, das wir oft zubereiteten, wenn der Kühlschrank fast leer war. Dann rauchten wir zur Nachspeise das „Gerät" und lehnten zugekifft auf der Couch herum.

Einige Zeit später riss uns das Läuten an der Wohnungstür in die Wirklichkeit zurück. Unsere Fahrt nach Amsterdam schien sich herumgesprochen zu haben. Die ersten Besucher stellten sich ein. Einer davon war Schlappi, ein „überzeugter Prolet", wie er sich selber nannte, der trotz seiner Matura Gelegenheits- und Hilfsarbeiter geblieben war und mit seinem Witz immer im Mittelpunkt stand. Der zweite war Bauti, das Gegenteil von Schlappi, ein langweiliger, nichtssagender Typ aus guter Familie, der immer gemeinsam mit Schlappi in Erscheinung trat. Gegen Abend kam Jolly mit seiner Freundin, der so hieß, weil sein Vater gerade beim Kartendübbeln gewesen war, als Jolly auf die Welt gekommen war. Jolly war ein sympathischer Kumpel, obwohl sein Äußeres mit den abgefaulten schwarzen Zahnresten eher abschreckend wirkte. Schlappi sorgte, wie immer, für Unterhaltung und Kurzweiligkeit. Sein Lachen war laut und aufgesetzt, trotzdem aber irgendwie mitreißend.

Im Laufe des Abends spürte ich einen dumpfen Schmerz im Kiefer, genau unterhalb eines Backenzahnes, der vor längerer Zeit eine neue Füllung gebraucht hätte. Der Gedanke an eine Zahnhandlung war im eingerauchten Zustand unangenehm und verursachte eine nagende

Angst in mir, eine Angst, die viel intensiver war, als im nüchternen Zustand.

„Was hast du?", fragte Woifal, dem mein paranoider Gesichtsausdruck aufgefallen war.

„Unterhalb des hinteren Backenzahnes spüre ich was. Hoffentlich ist er nicht eitrig geworden …, ach so eine Scheiße … Ich muss morgen unbedingt zum Zahnarzt!"

Ich konnte an nichts Anderes mehr denken. Obwohl es nicht wirklich schmerzte, drängte sich das unangenehme Gefühl im Kiefer ständig in den Vordergrund. Das ganze Lachen und Rauchen und Albern-Sein wurde anstrengend. Ich beschloss, zu Bett zu gehen, stand auf und ging ins Schlafzimmer. Dort vergrub ich mich unter der Decke und bemühte mich, nicht mehr an den Zahn zu denken. Jolly war mir gefolgt.

„Mach dir keine Sorgen", versuchte er, mich zu trösten. „Wenn ich einen eitrigen Zahn habe, schneide ich mir einfach selber das Zahnfleisch auf, sodass der Eiter rausfließen kann. Mit den Zahnärzten habe ich bisher keine guten Erfahrungen gemacht. Was die können, kann ich ja auch."

Jollys gut gemeinte Ratschläge trösteten mich nicht, im Gegenteil, sie ließen vor meinem geistigen Auge Bilder entstehen, die noch viel schrecklicher waren, als die, die ich mir selbst ausgemalt hatte. Um meine Ruhe zu haben, nickte ich bestätigend. Zum Glück tat das Dope bald seine Wirkung und ließ mich einschlafen.

Am nächsten Tag war Jolly immer noch hier. Er und seine Freundin hatten bei uns übernachtet. Die übervollen Aschenbecher deuteten darauf hin, dass der Abend noch länger gedauert hatte. Unsere schwarzen Kerzen, die wir zur Dekoration gekauft hatten, waren bis auf zwei kleine Stumpen heruntergebrannt. Das Wachs klebte am Fußboden. Zahlreiche Tassen und Gläser standen halb voll, halb leer am Tisch herum. Wir schoben sie zur Seite und frühstückten, dann machte sich jeder von uns auf den Weg.

Woifal begleitete mich zum Zahnarzt. Der Zahn musste raus. Obwohl ich durch die Betäubung nicht viel davon spürte, fühlte ich mich nach der Behandlung müde und überanstrengt. Die Angst und der psychische Stress hatten mir ziemlich zugesetzt. Ich hatte einen blutigen Geschmack im Mund und wollte nur noch nach Hause. Um Geld zu sparen, gingen wir meistens zu Fuß. Diesmal nahmen wir den Bus. Das letzte Stück Nachhauseweg führte an einer Buchhandlung vorbei. Woifal blieb kurz stehen und sah, wie immer, die Sonderangebote durch, die vor dem Geschäft auf einem Verkaufstisch ausgestellt waren. Grinsend blätterte er in einem der Bücher und ging dann hinein, um es zu bezahlen. Als er wieder zurückkam, sagte er verschmitzt: „Das lese ich dir vor, wenn wir zu Hause sind!"

Das Buch hieß „Die kleine Schule der Vampire" und handelte von einem kleinen Vampir, der kein Blut sehen konnte. Das Wort Blut kam im Buch ziemlich oft vor und war jedes Mal in roter Farbe geschrieben. Blutrünstig, Blutgruppe, Blutsauger, Blutstropfen, Blutkonserve, Blutlache … Und als Woifal das Buch zu Ende gelesen hatte, hatte sich meine Stimmung wieder gebessert und auch ich war überzeugt: „Es gibt nichts gutet, außer es blutet!"

Nachdem wir einige Zeit mit unserem Dope über die Runden gekommen waren, kam unweigerlich der Tag, an dem wieder einmal in ganz Salzburg nichts aufzutreiben war. Selbst als wir bereits den stolzen Preis von 120 Schillinge pro Gramm bezahlten (der Durchschnittspreis lag bei 80-90 Schillingen), war auch diese Quelle bald wieder ausverkauft. Ein Bekannter bot uns Opium an. Wir sollten es rauchen wie Haschisch, es wäre total gut und preislich auch nicht viel teurer. In unserer Verlegenheit kauften wir ein wenig davon. Doch die Wirkung war ganz anders. Wir fühlten uns zwar so ein bisschen wie in einem Traum, die Landschaft schien so weich und schön, es war, als ob alles ein bisschen weiter weg rücken würde – doch uns fehlte dieses witzige, intensivere Erleben, wie wir es vom Haschisch gewöhnt waren. Wie in Watte gepackt durch die Welt zu gehen, das war nicht das, was wir uns vorstellten.

Da läutete es eines Nachmittags und George stattete uns einen Besuch ab. George war ein Aufschneider, einer, der andere mit langen Monologen langweilte und es nicht merkte, einer der viel zu viel trank und dann noch mehr redete – kurzgesagt ein anstrengender Typ. Die angenehme Seite an ihm war, dass er immer Haschischöl hatte. So auch diesmal. Und gönnerhaft, wie er war, ließ er Woifal wieder einen großen Klumpen öldurchtränkte Tabakmischung hier, bevor er uns verließ.

„Das rauchen wir aber diesmal nicht auf einmal – so wie du damals!", sagte Woifal lachend in Anspielung auf meine Überdosis in seinem WG-Zimmer. „Das ist ja fast das pure Öl diesmal! Damit kommen wir bestimmt ein paar Tage aus!"

Und als es abends noch einmal läutete und jemand in die Gegensprechanlage „Wir sind's" rief, versprach es, ein gemütlicher Abend zu werden.

„Die Wirsings sind da!", sagte Woifal erfreut und drückte auf den Türöffner.

Da sich meine Schwester und ihr Freund an der Gegensprechanlage immer mit „Wir sind's" meldeten, was in unseren Ohren wie „Wirsings" klang, hatten wir ihnen diesen Spitznamen verpasst.

„Ich geh noch schnell in den Konsum, dann kann ich uns was kochen!", sagte ich, nachdem die beiden hereingekommen waren.

Wenig später kochte ich uns Koteletts mit Kartoffeln. Meine Kochkünste bewegten sich noch auf Anfängerniveau. Woifal baute in einem Anflug von Übermut gleich einmal einen starken Joint. Ich legte eine Platte auf. Die Rolling Stones: Angie. As Tears Go By. It's All Over Now. Paint It Black. Lady Jane.

Die Musik wirkte. Mick Jaggers Stimme und Keith Richards Gitarre. Mehr brauchte es nicht, um uns in einen angenehm unbekümmertsorglosen Zustand zu versetzen. Alles stimmte. Gefühle und Gedanken befanden sich im Gleichklang. Woifal öffnete eine Flasche Wein. Sidi Brahim – schwerer, süßer Rotwein aus Tunesien. Und dazu der nächste Joint. Nun wirkte sogar der Sound des Radios. Ein krachendes

Tonband gab die Stimme eines Sprechers wieder, der von einem Ort des Schreckens berichtete – einem Grubenunglück. Er erzählte etwas von „Kumpels", dann krachende Tonbandgeräusche und wieder die „Kumpels".

Fast gleichzeitig brachen wir in Lachen aus. Der Bericht erschien uns wie eine Parodie. Die übermäßig ernste Stimme des Berichterstatters, die krachenden Tonbandgeräusche, die Wortwahl (Kumpels): Wir lachten und lachten und konnten uns kaum mehr beruhigen.

Während wir immer noch lachten, wurde der Freund meiner Schwester plötzlich still. Er wurde ganz still und verzog keine Miene mehr. Regungslos stierte er vor sich hin. Wie versteinert.

„Maco ist ganz grün im Gesicht!", fiel mir auf.

Er war so grün, so richtig grasgrün, wie man es aus Comiczeichnungen kannte. Jeder von uns sah ihn an. Dann lachten wir wieder. War es möglich, dass ein Gesicht so dermaßen grün werden konnte? Und während wir lachten und ihn immer noch anstarrten, übergab er sich. Ohne Vorwarnung, ohne einem Versuch, aufzustehen und zur Toilette zu gehen. Er erbrach mit einem Schwall das ganze Abendessen und den ganzen Wein auf seine Oberschenkel, die er fest zusammenpresste, um zu verhindern, dass das Erbrochene den Teppich beschmutzte. Woifal rannte schnell in die Küche und kam mit einem großen Kochtopf zurück. Maco, der sich wieder gefangen und den Zweck des Kochtopfs erkannt hatte, schöpfte mit beiden Händen das Erbrochene in den Topf hinein, den Woifal daraufhin in die Toilette leerte. Maco war ein Bild des Jammers. Das Gesicht nicht mehr ganz so grün, dafür weiß und bleich, die Hose angekotzt und eklig …

„Warte, ich bringe dir eine frische Hose!", sagte Woifal.

Maco streifte seine Hose vorsichtig herunter und schlüpfte in die Jean, die Woifal ihm hilfsbereit reichte. Sie war zu kurz und zu weit. Aber sie war sauber. Nachdem die Wirsings bei uns die Nacht verbracht hatten, ging Maco am nächsten Morgen mit Woifals Hose in die Schule. Sonny hatte einen Praktikumstag im Krankenhaus zu absolvieren. Als sie am nächsten Abend wieder kamen, erzählte sie, dass derselbe Arzt Dienst gehabt hätte, dem schon einmal ihre roten Augen aufgefallen wären. Und irgendwie hätte sie den Eindruck gehabt, dass er sie auch diesmal sehr prüfend angesehen hätte.

„Oje …, das klingt ja fast so, als ob er was gemerkt hätte!", stellte Woifal grinsend fest.

Sonny nickte. „Ja, ich muss ein bisschen vorsichtiger sein!"

Woifal drehte einen Joint vom letzten Rest der Ölmischung.

„Jetzt wird's Zeit, dass wir was aufstellen", sagte er. „In ganz Salzburg schaut's momentan schlecht aus."

Und dann fügte er hinzu: „Am besten wär's, wir würden wieder nach Amsterdam fahren … und diesmal ein bisschen mehr mitnehmen."

Sonny sah uns mit großen Augen an.

„Ja, wäre schon gut", meinte Maco. „Aber wo verstecken …?"

„In der Kardanwelle zum Beispiel", sagte Woifal. „Das ist total sicher. Auch vor den Hunden."

„Ja, aber da bräuchte man einen Mechaniker. Selber kriegt man das nicht hin!", meinte Maco.

„Der Benzintank wäre auch eine Möglichkeit!"

„Im Benzintank? Aber der Geruch – geht der dann nicht auf das Dope über?"

„Man muss es natürlich gut einpacken. Und dann in einen Fahrradschlauch geben. Den man in den Tank hängt."

„Hm. Klingt gut!"

Einige Zeit dachten wir darüber nach. Ich in Abenteuerlaune. Sonny skeptisch. Maco nicht abgeneigt.

Und Woifal beschloss: „Ja, so könnten wir es machen! Seid ihr dabei?"

Meine Schwester schluckte.

„Ist das nicht doch zu gefährlich?"

„Ach was! Wenn das Dope im Benzintank ist, kann es doch kein Hund riechen! Außerdem brauchen wir nicht über die große Grenze zu fahren! Wir fahren über Belgien und Luxemburg. Da wird nicht mit Hunden kontrolliert!"

Kurze Stille – dann war es ausgemacht.

Wir würden das Mietauto besorgen und die Wirsings damit abholen.

Da erreichte uns plötzlich, einen Tag vor unserem „großen Coup" die Nachricht, dass Sonny die Windpocken bekommen hätte. War die Angst so groß gewesen, dass der Körper eine Krankheit produziert hatte? Wie auch immer – es stellte sich die Frage: Was nun?

„Egal. Wir können auch zu zweit fahren", beschloss Woifal und hatte genau das ausgesprochen, was ich dachte. Rückzieher gab es keinen mehr!

So gingen wir zu Avis und nahmen das günstige Wochenend-Paket, einen roten Ford

Fiesta zum Pauschalpreis von Freitagfrüh bis Sonntagabend. Es gelang uns, um elf Uhr vormittags wegzufahren. Spät abends kamen wir in Amsterdam an. Diesmal übernachteten wir nicht in einer Jugendherberge. Stattdessen nahmen wir ein günstiges Doppelzimmer in einem billigen Motel, um keine Zuseher dabei zu haben, wenn wir die große Menge Dope für den Transport verpackten.

Wir besuchten wieder das „Bulldog" und kauften mehrere hundert Gramm „Grünen" für den Verkauf, um unsere Ausgaben zu finanzieren und einige „Spezialitäten" für uns selbst. Den ganzen Nachmittag waren wir damit beschäftigt, das Dope in kleine Rollen zu formen, geruchsdicht zu verpacken, zusätzlich die ganzen Verpackungsschichten mit Isolierbändern zu fixieren und sie dann nacheinander in den abgeschnittenen Fahrradschlauch zu geben. Als es dunkel wurde, schlichen wir hinaus, um den Schlauch in den Tank zu hängen.

Woifal öffnete den Tankdeckel, nahm den Schlauch und schob ihn hinein. Schob und drückte und mühte sich ab, fluchte …

„Scheiße! Da muss ein Knick im Tank sein, um den ich den Schlauch nicht herum kriege!"

Nach etlichen weiteren Versuchen stellte er resigniert fest: „Der Schlauch ist zu lang. Ich krieg ihn nicht weiter hinein!"

Der Schlauch hing etwa zwanzig Zentimeter aus dem Tank heraus. Es war nichts zu machen. Ernüchtert gestanden wir uns ein, dass dieser angeblich so sichere Plan nicht funktionierte.

„Was machen wir jetzt!?", fragte ich ratlos.

„Irgendwo anders verstecken!", gab Woifal genervt zur Antwort und begann zu suchen. Im Kofferraum, unter der Motorhaube, auf dem Unterboden – doch jedes Versteck, das er auf die Schnelle gefunden hatte, hätten die Zöllner im Handumdrehen ebenfalls gefunden. Fieberhaft suchten wir den Innenraum ab.

„Vielleicht in den Lüftungsschlitzen?", schlug ich vor.

Die beste Idee war es nicht – aber immerhin. Es war eine Möglichkeit. Wir gaben die kleinen Rollen aus dem Fahrradschlauch und stopften alle Lüftungsschlitze damit voll, bis wir die gesamte Menge verstaut hatten. Dann waren wir einigermaßen zufrieden. Nichts war zu sehen, das ganze Dope war versteckt – so konnte es gehen! Spät in der Nacht legten wir uns endlich schlafen.

Am nächsten Vormittag frühstückten wir noch schnell und gingen dann zum Auto.

„So, nun aber los!"

Woifal setzte sich hinter das Lenkrad. Ich stieg ein und wollte gerade am Beifahrersitz Platz nehmen – da blieb mir vor Schreck fast das Herz stehen! Aus allen Lüftungsschlitzen leuchtete uns in den buntesten Farben unser „gut verstecktes" Dope entgegen!

Auch Woifal hatte es entdeckt. Entgeistert starrte er auf die mit bunten Isolierbändern umwickelten Rollen. Blau, grün, gelb, rot – man brauchte gar nicht zu suchen! Man brauchte nicht einmal hinzusehen! Die unterschiedlichen Signalfarben stachen sofort ins Auge!

„Hier drinnen können wir es nicht lassen!", sagte ich verzweifelt. „Wir brauchen ein neues Versteck!"

Hektisch begannen wir noch einmal, das ganze Auto abzusuchen. Die Zeit drängte, wir mussten endlich losfahren, um das Mietauto rechtzeitig zurückzubringen! Doch jede Möglichkeit, die auf den ersten Blick gut schien, erwies sich beim genaueren Betrachten wieder als viel zu unsicher.

Ich suchte den Boden ab. Vielleicht gab es irgendwo einen Hohlraum, wo man die vielen, vielen Rollen verstauen könnte! Alles auszupacken, umzuformen und neu einzupacken – das würde Stunden dauern! Diese Zeit hatten wir nicht mehr.

Da bemerkte ich, dass auf der Beifahrerseite vorne im Fußraum der Spannteppich mit Klammern an der Innenwand des Autos befestigt war. Vielleicht gab es hier eine Möglichkeit, das Dope zu verstecken! Ich öffnete die Klammern, gab die Rollen unter den Spannteppich und verschloss die Klammern wieder.

Prüfend betrachtete ich mein Werk. Durch die vielen Rollen Dope warf sich der Spannteppich ein wenig, wodurch zwischen zwei Klammern eine kleine Öffnung entstanden war. An den übrigen Stellen lag der Spannteppich glatt und unauffällig an der Wand des Fußraums auf. Doch diese kleine Öffnung – sie war nicht zu übersehen! Wenn ein Zöllner den Innenraum des Autos absuchen würde, musste sie ihm unweigerlich auffallen!

„Trotzdem!", widerlegte Woifal meine Bedenken. „Ein besseres Versteck haben wir nicht! Und wenn wir über Luxemburg fahren, wird uns niemand kontrollieren!"

So fuhren wir gegen zwölf Uhr mittags los - mit Bauchweh und einem mehr als unguten Gefühl. Zuerst Richtung Belgien. Wie praktisch, dass es zwischen den Beneluxstaaten keine

Grenzen gab! Wir lasen die Schilder, ordneten uns ein. Endhoven, Maastricht, Liège. An Liège vorbei, weiter auf der Autobahn … Wir hielten die Augen offen, irgendwo musste die Ausfahrt nach Luxemburg sein … Frankfurt a.M., Köln, Aachen stand auf einem Schild. Jeden Moment müsste die Ausfahrt kommen …

„Zoll – Douane"

Im selben Moment tauchten auch schon die Zollanlagen vor uns auf. Und mit Entsetzen stellten wir fest: Wir waren an der belgisch-deutschen Grenze gelandet!

Wir hatten keine Chance mehr!

Ein Umkehren auf der Autobahn war ausge-schlossen! Also unauffällig weiterfahren!

Unabwendbar, unausweichlich näherten wir uns der Grenzkontrolle.

Woifal hielt unsere Pässe aus dem Fenster. Der deutsche Zöllner warf einen Blick auf die Pässe. Warf einen Blick auf uns.

Ganz kurz die Hoffnung, er würde uns durchwinken.

„Zur Seite fahren!", befahl er.

Es war, wie in einem schlechten Film.

„Jetzt ist alles aus", dachte ich. „Jetzt ist alles aus…"

Er forderte uns auf, mit in sein Kontrollhaus zu kommen und begann zu fragen.

„Woher kommt ihr?"

Woher kamen wir? Was sollten wir sagen?

„Liège", sagte ich zaghaft.

„Liège?", wiederholte er. „Lüttich? Meint ihr Lüttich?"

Verwirrt versuchte ich mich zu erinnern. Liège war doch auf dem Schild gestanden. War das dasselbe wie Lüttich? Wollte er uns verwirren, eine Fangfrage stellen?

„Liège. Wir kommen aus Liège", sagte ich noch einmal.

„Was habt ihr da gemacht?"

„Einen Kurzurlaub, übers Wochenende ein bisschen raus."

„Autopapiere!"

Und dann: „Das ist ja ein Leihwagen! Wozu seid ihr mit einem Leihwagen nach Lüttich gefahren?"

Der Zöllner schien sich sicher zu sein. Er begann, Woifal abzutasten und seine Hosentaschen auszuräumen.

Dann wandte er sich an mich.

„Hosentaschen leeren und nach außen stülpen!", befahl er.

In meiner rechten Hosentasche befand sich ein Rauchpiece für unterwegs, in das Cellophan einer Zigarettenpackung eingewickelt.

Ich steckte die Hände in die Hosentaschen meiner weißen Baumwolllatzhose im Hippie-Stil. Wie gelähmt vor Angst konnte ich nicht einmal nachdenken, was ich tun sollte! Hypnotisiert wie ein Kaninchen vor der Schlange zog ich die Hosentaschen nach außen und wartete auf ein Wunder.

Und das Wunder geschah.

Als ich die Hosentaschen nach außen zog, merkte ich, dass sich das Cellophanpapier mit dem Rauchpiece in einer Stofffalte verfing.

„Hosentaschen wieder hineingeben!", lautete der nächste Befehl.

Ich schob die Hosentaschen nach innen.

Das Cellophanpapier knisterte.

Unüberhörbar.

„Da knistert doch was!", bemerkte der Zollbeamte. „Noch einmal die Hosentaschen nach außen stülpen!"

Wieder zog ich die Hosentaschen heraus, diesmal eisern darauf bedacht, sie nur ja nicht zu weit herauszuziehen!

Es gelang. Das Cellophan mit dem Rauchpiece blieb in der Stofffalte.

„Hosentaschen hineingeben!"

Es knisterte wieder. Laut und deutlich.

„Da knistert was! Noch einmal die Hosentaschen heraus!"

Und dann: „Hosentaschen wieder hineingeben!"

Und nachdem es wieder geknistert hatte: „Was knistert da!?"

„Das weiß ich nicht … Vielleicht sind es meine Armreifen!", versuchte ich mich herauszureden und ihn irgendwie davon abzubringen, dem Inhalt meiner Hosentaschen weitere Beachtung zu schenken.

„Kommen sie mit zum Auto!", sagte er zu Woifal und ging mit ihm hinaus.

Offenbar hatte der Zöllner keine Zweifel mehr. Er würde etwas finden. Das ominöse Knistern, unser indisches Outfit, das Mietauto, unser Aufenthalt in „Liège" – all das deutete nur auf eines hin …

Ich sah Woifal und dem Zöllner nach, wie sie zum Auto gingen. Ich sah, wie Woifal die Beifahrertür öffnen musste. Ich sah, wie der Zöllner hineinblickte, sich bückte und – ausgerechnet den Fußraum der Beifahrerseite inspizierte. Als hätte er gewusst, wo unser Dope versteckt war, beugte er sich mit untrüglichem Instinkt genau dorthin. Ich sah, wie Woifal sich an das Auto lehnte und seinen Kopf in die Hand stützte.

„Das kann nicht wahr sein", dachte ich. „Das darf nicht wahr sein … Das darf nicht passieren! Wir im Gefängnis … Das kann ich meinen Eltern nicht antun! Lass es nicht so kommen, lieber Gott, wenn es dich gibt …, lass es nicht so kommen!"

Und in meiner Verzweiflung begann ich zu beten, alle Gebete, die ich gelernt hatte. Wenn jetzt noch etwas helfen konnte, dann nur das.

Der Zöllner kroch aus dem Auto heraus. Ging rundherum. Ließ die Motorhaube öffnen. Den Kofferraum. Untersuchte noch einmal die Armaturen inklusive der Lüftungsschlitze, sah unter das Auto, inspizierte die Reifen …

Ich nahm das Cellophanpapier mit dem Rauchpiece heraus und stopfte es in das Waschbecken. Die Zöllner des nächsten Kontrollhauses hatten zu mir hergesehen. War ihnen aufgefallen, was ich getan hatte?

Ich wandte mich ab, sah wieder zum Auto hin - und sah, wie Woifal und der Zöllner zurückkamen.

Der Zöllner gab uns unsere Pässe und ließ uns weiterfahren!

Wir stiegen ein, fuhren weg und fuhren, ohne ein Wort miteinander zu sprechen, hunderte von Kilometern. Wir schalteten die Musik laut, ganz laut. Teilweise ruhig, teilweise psychedelisch begleiteten uns die Klänge von Pink Floyd die Autobahn entlang, weg von der Grenze, weg von diesem Alptraum. Es wurde Nacht. Die Straße verlor sich irgendwo in der Finsternis. Und wir uns mit ihr. Woifal fuhr schnell. Wir wollten nichts wie nach Hause. Der Schock saß tief.

„Wir fahren über das kleine deutsche Eck", war das erste, was Woifal sagte, als wir uns nach vielen Stunden der österreichischen Grenze näherten.

Die Autobahngrenze war viel zu riskant. Das kleine deutsche Eck war eine Straßenverbindung zwischen Salzburg und Westösterreich und führte durch Bayern. Hier konnte man relativ leicht glaubhaft machen, dass man ohnehin aus Österreich käme und nur eine Abkürzung gewählt hätte.

Tatsächlich winkte uns der Zöllner gleich weiter, als wir spät in der Nacht dort ankamen.

Nun konnten wir aufatmen. Es war geschafft!

„Wir brauchen noch Zigarettenpapier", sagte Woifal in sichtlicher Vorfreude auf daheim.

Er fuhr zur Nachttrafik und hielt mit Schwung direkt davor.

Plötzlich blieb ein Polizeiauto neben uns stehen. Einer der beiden Polizisten stieg aus.

Kurz fuhr uns der Schreck in die Glieder.

„Wisst ihr nicht, dass man hier nicht halten darf?!", fragte er barsch.

Woifal gab zu, dass er das ganz übersehen hätte und sah ihn reumütig an.

„Beim nächsten Mal geht das nicht mehr durch!", sagte der Polizist und ließ von uns ab.

Noch einmal atmeten wir erleichtert auf.

Daheim angekommen, räumten wir gleich das Auto aus und verstauten das Dope. Dabei fiel Woifal auf, dass die Rolle mit dem Schimmelafghanen fehlte. Wie sehr wir auch suchten, sie blieb spurlos verschwunden.

„Das war die Opfergabe für die guten Geister, die uns beigestanden haben!", sagte er dann, und ich war mir in diesem Moment sicher, dass das stimmte.

Die nächste Zeit konnten wir im wahrsten Sinne des Wortes in „vollen Zügen" genießen. Jeden Abend hatten wir Besuch bis spät in die Nacht hinein, entweder von Woifals Freunden oder von den Wirsings. Kaum waren wir nach Mittag aufgestanden und hatten den Wohnzimmertisch von den unzähligen Gläsern und übervollen Aschenbechern des Vorabends befreit, um zu frühstücken, läutete es auch schon und der nächste Besuch stand vor der Tür. Unser Leben glich einem nicht enden wollenden Fest. So vergingen die Wochen, und langsam wurde es Sommer. Die Sehnsucht nach Sonne, Strand und Meer ließ uns an Urlaub denken. Wir stellten fest, dass es bis August noch viel zu lange dauern würde. Jetzt schon wollten wir fort! Weiße Strände und karibikblaues Meer – Sardinien sollte unser Ziel sein. Wir kratzten unser Geld zusammen und verbrachten etwas mehr als eine Woche in Santa Teresa, einem kleinen Paradies an der Costa Smeralda. Bei der Rückfahrt erwischten wir die falsche Fähre, was uns aber den Vorteil einbrachte, dass wir in Genua anstatt in Civitavecchia ankamen. So war die Bahnfahrt nach Salzburg um einiges kürzer und unser Urlaub um ein Erlebnis bunter.

Und schneller als gedacht, rückte der August heran und damit die Frage, wo wir für einen Monat bleiben wollten. Wir beschlossen, die lange Zeit zu nutzen, um nach Portugal zu fahren. Woifal besorgte sich ein Interrail Ticket, und ich bekam durch meinen Vater den jährlichen Freifahrtsschein der ÖBB für Bahnbedienstete und deren Angehörige. Die nächste Überlegung war, wie wir uns für diese Zeit mit genügend Dope versorgen könnten. Woifal hörte sich um und bekam von Hiss eine Adresse in Torremolinos, wo es einen ausgezeichneten Grünen Marokkaner geben sollte. Nun war alles vorbereitet. Am 31. Juli wollten wir losfahren.

Da bekam ich einige Tage vorher einen Magen-Darminfekt. Ich lag krank im Bett und fühlte mich gar nicht fit für so eine weite Reise.

„Wir müssen trotzdem raus aus der Wohnung", überlegte Woifal. „Ich frag mal, ob wir für einige Tage bei Harry bleiben könnten."

Harry war vor kurzem aus Indien zurückgekehrt, wo er mehrere Monate lang in einem alten Campingbus unterwegs gewesen war. Nun wohnte er bei seiner Freundin Gina und ihrem gemeinsamen Sohn und nahm uns für einige Tage in ihrer kleinen Wohnung auf. Da Harry von Indien Kleidung, Ziergegenstände und Rauchutensilien mitgenommen hatte, um sie hier zu verkaufen, kaufte sich Woifal gleich zwei luftige Baumwollhosen für den Urlaub, eine in Gelb und eine in Lila. Auch die schön verzierten Chillums, Rauchgeräte aus Ton, betrachtete Woifal interessiert und schien zu überlegen, welches er sich davon aussuchen sollte. Unter Woifals Freunden war es recht bliebt, Chillums zu rauchen, da die Wirkung sehr effektiv war. Ich aber fand es eher unbequem. Man inhalierte dabei den Rauch ziemlich tief, und das Tuch, das man beim Rauchen um die Öffnung wickelte, war meist tabakdurchtränkt und bitter und feucht vom Speichel der anderen. Natürlich war es immer auch eine feierliche Zeremonie, überhaupt wenn manche das Chillum „Shiva zu Ehren" kurz an die Stirn drückten, bevor sie tief und geräuschvoll den Rauch einzogen.

„Wenn wir vom Urlaub zurück sind, kauf ich dir eines ab", sagte Woifal. „Die sind echt schön gearbeitet."

„Ich leg dir eines zur Seite", sagte Harry. „Und damit du weißt, wie gut sie ziehen, rauchen wir mal eines!"

Darum ließ sich Woifal nicht lange bitten.

„Ja, dann …, bevor ich mich schlagen lasse …", gab Woifal grinsend zur Antwort.

Wir verbrachten fast eine Woche bei Harry und Gina und fühlten uns so wohl bei ihnen, dass wir unsere Reise immer wieder um einen Tag hinausschoben. Schließlich und endlich beschlossen wir aber, ihre Gastfreundschaft nicht aufs Äußerste zu strapazieren und aufzubrechen. So verabschiedeten wir uns eines Morgens und traten unsere Reise an. Zuerst fuhren wir von Salzburg nach Innsbruck, wo wir in den Zug nach Milano umstiegen, von Milano ging es weiter nach Ventimiglia und von dort mit den Französischen Staatsbahnen zum spanischen Grenzort Port Bou. Nach einer Nacht im Zug, die wir auf den ausgezogenen Sitzen verbracht hatten, kamen wir am nächsten Vormittag hoch über der Küste, in den Berghängen der Pyrenäen, an.

Laut quietschend fuhr der Zug in die große Bahnsteighalle ein, einer für den Beginn des Eisenbahnbaus typischen Stahlkonstruktion. Beim Aussteigen blies uns heißer Wind entgegen und verstärkte den typischen Geruch der teerölimprägnierten Holzschwellen, zu dem sich der feine Salzgeruch des Meeres mischte.

Wir gingen durch das alte Bahnhofsgebäude und passierten die Zollabfertigung, wo wir unter dem aufmerksamen Blick der Policia Nacional unsere Pässe vorzeigten. Einige Rucksacktouristen lagen im Schalterbereich auf ihren Schlafsäcken und schienen so die Nacht verbracht zu haben.

Woifal wollte so schnell wie möglich weiter nach Torremolinos. Nachdem er den Fahrplan inspiziert hatte, wandte er sich an zwei Touristen, die mit ihren schwerbepackten Rucksäcken am Bahnsteig warteten. Wir erfuhren von ihnen, dass wir zuerst nach Madrid und dort umsteigen müssten. Mit dem Talgo, einem vollklimatisierten Schnellzug, würden wir am Nachmittag dort sein. Allerdings wäre für diesen Zug ein Aufschlag zu bezahlen. So entschieden wir uns für den langsameren und kamen gegen Abend an.

Madrid empfing uns hektisch. Zum Glück hatten wir noch einen Zug nach Malaga und konnten dem Trubel eines Großstadtbahnhofs schnell entfliehen. Als wir gegen zehn Uhr abends in Malaga ankamen, war unsere Reise für den heutigen Tag zu Ende. Die Regionalbahn an die Badeorte würde erst morgen wieder fahren.

„Am besten, wir suchen uns hier irgendwo was zum Übernachten", überlegte Woifal. „Heute wäre es sowieso schon zu spät gewesen, das Dope zu besorgen."

„Ja, da hast du recht. - Und morgen geht's dann nach Torremolinos! Vielleicht bleiben wir dort ein paar Tage? Soll ja ein bekannter Ort sein", überlegte ich.

„Kennst du das Buch „Die Kinder von Torremolinos"? Der amerikanische Schriftsteller James Michener schrieb in diesem Buch über einige junge Hippies, die nach Torremolinos abgehauen sind und von dort weiter an die Algarve und nach Marrakesch fuhren. Ja, und natürlich konsumierten sie jede Menge Drogen …", erzählte Woifal.

„Das erinnert mich ein bisschen an uns!", sagte ich lachend. „Zumindest die Fahrt nach Torremolinos und an die Algarve. Und – naja, Drogen wird's auch bald geben."

Wir durchquerten den kleinen Park gegenüber des Bahnhofs, unter dessen hohen Palmen einige Obdachlose die Nacht verbrachten.

„Schau, dort drüben können wir nach einem Zimmer fragen!"

Woifal hatte auf der anderen Straßenseite ein kleines, einfaches Hotel entdeckt.

„Ja, das schaut zumindest nicht recht teuer aus. Und beim Bahnhof ist es auch gleich!", bemerkte ich erleichtert.

Wir traten ein und gingen zur Rezeption. Ein freundlicher, älterer Spanier fragte nach unseren Wünschen.

„A double room for one night", versuchte es Woifal auf Englisch.

Der Spanier verstand und fragte nach unseren Pässen. Als er hineinsah, bemerkte er, dass wir nicht denselben Nachnamen hatten. Er deutete auf unsere Ringfinger und fragte, ob wir verheiratet wären.

Woifal verneinte.

Unter diesen Umständen könne er uns kein Doppelzimmer geben, meinte er bedauernd, fügte aber hinzu, dass wir zwei Einzelzimmer haben könnten.

Sprachlos sah ich ihn an. Sollten wir jetzt, so spät am Abend, noch ein anderes Hotel suchen? Eigentlich hatte ich keine große Lust mehr, die halbe Stadt abzuklappern … Als hätte er meine Gedanken erraten, lenkte der Hotelbesitzer ein und versicherte uns, dass die zwei Zimmer gleich nebeneinander liegen würden.

Um das Gewissen unseres streng katholischen Hotelchefs nicht zu sehr zu belasten, nahmen wir das Angebot an, verbrachten die

Nacht aber trotz des schmalen Bettes gemeinsam in einem Zimmer und ließen das zweite unbenützt.

Nach dem Frühstück ging es mit einem kleinen Vorortzug weiter nach Torremolinos. Als wir angekommen waren, suchte Woifal die Adresse unseres Dealers aus seinem Rucksack.

„Zuerst müssen wir das Hotel Torremolinos finden. Von dort sollen wir dann der Straße stadtauswärts folgen, bis wir zu einer großen Kreuzung kommen. Nach der Kreuzung kommt links eine kleine Seitenstraße. Die müssen wir entlang gehen bis zur Carmen Bar", überlegte Woifal.

Nach mehreren Wegbeschreibungen einiger Passanten hatten wir die unasphaltierte Seitenstraße gefunden.

„Da vorne ist die Bar!"

Woifal zeigte auf ein kleines Lokal.

Wir gingen hinein. Eine Gruppe junger Spanier vertrieb sich die Zeit am Spielautomaten. Ein paar andere standen an der Theke und tranken ein Bier.

„Hier sollen wir nach einem Pablo fragen", sagte Woifal und wandte sich nach kurzem Überlegen an den Kellner, der gerade fernsah. Der Kellner nickte und ging zur Gruppe am Spielautomaten. Gleich darauf kam ein sympathisch aussehender junger Spanier mit halblangen, gelockten Haaren zu uns herüber. Er schien zu wissen, was wir von ihm wollten und forderte uns auf, mitzukommen. Gespannt folgten wir ihm in ein älteres Mehrparteienhaus gegenüber der Bar und nahmen in einem kleinen, abgewohnten Zimmer Platz. Der Spanier kam gleich zur Sache.

„Green Maroc?"

„Yes. Fourty gram", gab Woifal zur Antwort.

Der Spanier wog die gewünschte Menge ab und übergab Woifal ein großes Stück hellgrünes Haschisch. Die Farbe erinnerte mich ein bisschen an den mit Henna gestreckten Grünen, den wir einmal in Salzburg gekauft hatten. Seit daher erweckte zu helles Dope immer eine gewisse Skepsis in mir. Auch Woifal war vorsichtiger geworden. Er roch daran und erwärmte ein kleines Eck mit dem Feuerzeug. Gleich darauf grinste er zufrieden.

„Smells good!"

„Very good quality!", versicherte uns der Spanier.

Dann erzählte Woifal, dass wir nach Portugal weiterfahren wollten und fragte nach den Grenzkontrollen.

Wir müssten mit dem Zug bis Ayamonte und von dort mit der Fähre den Grenzfluss passieren, erklärte uns der Spanier. An den Fähranlegestellen würden nur die Pässe kontrolliert. Doch wenn wir auf der portugiesischen Seite in die Bahn umsteigen würden, käme die Zollkontrolle nochmals in den Zug. Oft würden sie auch mit Hunden durchgehen. Die portugiesischen Drogengesetze seien sehr streng.

Nachdem wir mit den nötigen Informationen versorgt worden waren, verließen wir den Spanier. Es war inzwischen gegen Mittag und schon ziemlich heiß geworden.

„Was machen wir jetzt?", fragte ich Woifal.

„Gehen wir mal an den Strand. Hier im Zentrum hält man es sowieso kaum aus. Der Beton heizt sich ganz schön auf", schlug Woifal vor.

Während wir vorbei an billigen Hotels, gesichtslosen Apartments und hohen Wohnbauten Richtung Meer gingen, fand ich den Ort immer hässlicher.

„Wie kann man hier nur Urlaub machen!", fragte ich missmutig, hoffte aber, dass Torremolinos zumindest einen schönen Strand hätte. Irgendetwas Besonderes musste dieser Ort doch zu bieten haben!

Am Strand angekommen, folgte die nächste Enttäuschung. Bis auf den letzten Fleck reihten sich Liegestühle, Sonnenschirme und Badetücher aneinander. Hier gab es Massentourismus in seiner extremsten Form. Dabei hatte „Costa del Sol" in meinen Ohren immer so vielversprechend geklungen!

„Hier sieht es ja aus wie in Jesolo!", rief ich entsetzt aus.

„Ja, grauenhaft! Ob wir hier überhaupt einen Platz für uns finden?"

Suchend sah sich Woifal um. Als wir inmitten des Trubels einen kleinen, freien Fleck gefunden hatten, baute Woifal, verdeckt unter seinem Rucksack, gleich einmal einen Joint.

„Der ist aber gut!", schwärmte er nach den ersten Zügen. „Schmeckt richtig harzig und würzig! Und dabei so frisch! Irgendwie – fast zitronig!"

Das Dope schmeckte intensiv, und die Wirkung ließ nicht auf sich warten. Nachdem wir den Joint fertig geraucht hatten, verschwamm der Trubel um uns zu einer bunten Kulisse und vermischte sich in angenehmer Weise mit dem Rauschen des Meeres.

„Einen rauchen wir noch, dann fahren wir nach Malaga zurück. Schaun wir, dass wir von hier wegkommen!", beschloss Woifal.

Hier zu übernachten hatte wirklich keinen Sinn. Der Strand war dafür nicht geeignet und

Geld für ein Zimmer wollten wir in diesem Ort auch nicht ausgeben. So ging es mit der kleinen Regionalbahn wieder zurück nach Malaga und von dort über Cordoba und Huelva weiter nach Ayamonte.

Die Landschaft entlang der Strecke war geprägt von den Ausläufern der Sümpfe und Feuchtgebiete um Huelva und wirkte trostlos. Und die heruntergekommenen, halbverfallenen Stationsgebäude trugen dazu bei, dass ich mich mehr und mehr fühlte, wie im Film „Papillon" auf der Fahrt zur Strafkolonie in Französisch-Guayana. Zugleich spürte ich eine unbestimmte Angst vor der Grenzkontrolle in mir aufsteigen.

Als wir in Ayamonte ankamen, legte sich diese Angst wieder. Der typisch andalusische Fischerort mit seinen schneeweißen Häusern bildete einen malerischen Kontrast zum tiefblauen Himmel, von dem eine gleißend helle Sonne unbarmherzig niederbrannte. Träge und wie ausgestorben lagen die Straßen und Gassen vor uns. Alles und jeder schien eine Siesta zu halten. Erst an der Fähranlegestelle tummelte sich eine kleine Menschenmenge. Einige Spanier und Portugiesen warteten auf die Überfahrt. Wir gesellten uns dazu. Nach einer halben Stunde Wartezeit brachte uns eine Autofähre über den breiten Fluss und legte in Vila Rial de Santo Antonio an.

Wir waren in Portugal! Das hieß – beinahe. Zuerst mussten wir noch die Zollkontrolle passieren. Mit Herzklopfen zeigten wir unsere Pässe. Hoffentlich hatte der Spanier recht gehabt! Doch außer den Pässen wurde tatsächlich nichts kontrolliert. Erleichtert atmeten wir auf. Während wir unsere Pässe wieder einpackten, gingen wir weiter zur Bahnstation, die gleich neben der Fähranlegestelle lag. Als wir den Abfahrtsplan studierten, bemerkten wir, dass wir die Uhr eine Stunde zurückstellen mussten. Mit unserer Ankunft in Portugal befanden wir uns nun in der Westeuropäischen Zeitzone!

Um sieben Uhr ging ein Zug nach Lagos. Das bedeutete, wir hatten noch fast zwei Stunden Zeit. Zeit den Ort anzusehen und ans Meer zu gehen.

So verließen wir den Bahnhof und schlenderten durch die schachbrettartig angelegten Straßen zum Hauptplatz. Rund um den Platz standen weiße Bürgerhäuser, ein Rathaus und dazwischen eine kleine Kirche. Wir spazierten weiter ans Ortsende, wo uns ein Weg durch einen lichten Kiefernwald führte, der in eine weite Dünenlandschaft überging.

Und dann standen wir an einem Strand, der so endlos lang und breit und flach war, wie wir noch nie zuvor einen gesehen hatten! Weit, ganz weit draußen war das Meer, das seicht und in sanften, ruhigen Wellen an den Strand plätscherte. Die tiefer gesunkene Sonne leuchtete hellorange und tauchte die Landschaft in warmes Licht. Woifals gelbe, indische Baumwollhose leuchtete hell im Schein der Abendsonne. Er ging weit hinaus und hatte das Meer immer noch nicht erreicht. Dann blieb er stehen. Der warme Wind blies durch seine langen Haare. Strand, Meer, Wind, Abendsonne. Und eine grenzenlose Weite … Dieser Moment symbolisierte unendliche Freiheit.

Zurück am Bahnhof von Vila Rial de Santo Antonio beratschlagten wir, wie wir das Dope verstecken sollten. Woifal würde sofort kontrolliert werden. Darin bestand kein Zweifel. Ich wollte es auch weder unter meiner Kleidung, noch im Rucksack haben. Sollten die Zöllner tatsächlich mit Hunden durchgehen, würden diese es sofort riechen. Nach längerem Hin- und Herüberlegen einigten wir uns darauf, das Dope irgendwo im Waschraum zu verstecken. Irgendeine Nische würde sich schon finden. Und sobald die Zöllner den Zug verlassen hätten, könnten wir es wieder hervorholen.

Der Zug fuhr ein. Jetzt hieß es schnell sein. Gleich würden auch die Zöllner einsteigen.

Wir gingen in das erste freie Abteil. Woifal schloss die Tür hinter uns und zog die Vorhänge vor. Dann gab er mir das Stück Haschisch, das ich sogleich in meiner Toilettasche verschwinden ließ. Vorsichtig spähte ich auf den Gang hinaus. Keine Zöllner zu sehen! Schnell eilte ich weiter zum Waschraum, der sich am Ende des Waggons befand, versperrte die Tür hinter mir und begann fieberhaft nach einem Platz zu suchen, wo unser Dope für kurze Zeit sicher wäre. Irgendwo hinter einer Verkleidung, wo die Hunde nicht hinkämen - irgendeine Stelle müsste sich doch finden!

Wie viel Zeit hatte ich überhaupt noch? Waren die Zöllner schon eingestiegen? Noch stand der Zug am Bahnhof …

Da klopfte es plötzlich! Gleich darauf wurde die Türklinke nach unten gedrückt. Und im nächsten Moment ging die Tür auf! Reflexartig schubste ich das Stück Haschisch mit dem Fuß unter den Waschtisch und tat so, als würde ich soeben meine Zahnbürste in der Toilettasche verstauen. Während ich aus meinen Augenwinkeln den Schaffner und einen Zöllner mit Hund wahrnahm, ging ich auch schon an ihnen vorbei hinaus und zurück ins Abteil.

Woifal sah meinen verstörten Blick.

„Was ist – hast du es versteckt?"

Ich schüttelte den Kopf.

„Ein Zöllner mit Hund war plötzlich da! Der Schaffner muss die Tür aufgesperrt haben! Ich konnte gerade noch raus aus dem Waschraum!"

„Hast du das Dope jetzt bei dir?"

„Nein. Es ist noch im Waschraum."

„Das ist Scheiße. Hoffentlich finden sie es nicht!"

Draußen am Gang sahen wir plötzlich den Zöllner mit dem Hund vorbeigehen. Kurze Zeit später setzte sich der Zug in Bewegung und fuhr ab.

„Wir müssen das Dope aus dem Waschraum holen!", sagte Woifal dann.

„Ich gehe da nicht mehr rein. Das ist mir zu gefährlich. Was ist, wenn sie nur darauf warten …"

„Bleib du hier. Ich schau mal nach."

Woifal stand auf und ging hinaus. Mit beklommenem Gefühl blieb ich im Abteil. Was sollte ich tun, wenn er nicht mehr zurückkäme? Wenn ihn die Zöllner mitnähmen?

Bevor ich diesen schrecklichen Gedanken in seiner ganzen Tragweite zu Ende gedacht hatte, war Woifal wieder hier.

„Ich habe es nicht gefunden. Wo hast du es hingetan?"

„Einfach unter den Waschtisch, in ein Eck. Es ging alles so schnell …"

Woifal sah sichtlich beunruhigt aus.

Ich gab mir einen Ruck und sagte: „Okay. Ich schau nach. Es muss ja noch dort sein."

Ich nahm zur Tarnung wieder die Toilettasche mit und ging zurück in den Waschraum, bückte mich unter den Waschtisch – und konnte nichts finden. Der Waschraum war keine zwei Quadratmeter groß. Im Nu hatte ich jeden Zentimeter abgesucht. Ich suchte ein zweites Mal. Dann musste ich mir eingestehen: Unser Dope war weg.

Zerknirscht ging ich ins Abteil zurück.

„Es ist wirklich nicht mehr da", sagte ich zu Woifal.

„Du hättest es nicht dort lassen dürfen, wie du rausgegangen bist", gab Woifal mit leichtem Vorwurf in der Stimme zur Antwort.

„Was hätte ich denn tun sollen? Wenn ich es mitgenommen hätte, hätten sie mich womöglich erwischt. Der Hund hätte es bestimmt gerochen. So ist zwar das Dope weg, aber uns ist nichts passiert."

„Möglich."

Woifal schüttelte den Kopf und atmete tief durch.

Dann sagte er: „Ach hätten wir doch gewusst, dass sie nur durchgehen, ohne das Gepäck zu kontrollieren! Wir hätten das Dope bei uns lassen können!"

Und nach einer kurzen Pause: „Aber das haben wir nicht wissen können."

Schweigend setzten wir die Fahrt fort. Die Vorfreude auf die Algarve war nun gedämpft.

Nach einiger Zeit sagte Woifal: „Naja. Zumindest habe ich noch ein kleines Rauchpiece dabei. Wir bleiben einfach, solange es reicht. Und dann fahren wir eben wieder zurück nach Torremolinos."

Nach vier Stunden Fahrt kamen wir in Lagos, ganz im Westen der Algarve, an. Das kleine Bahnhofsgebäude, das mit wunderschönen Keramikkacheln verziert war, befand sich gleich in der Nähe des Hafens. Dunkle Silhouetten zahlreicher Boote wiegten sich im Gegenlicht der beleuchteten Stadt im Wind. Wir überquerten die Brücke der Hafeneinfahrt und gingen in die Altstadt, deren kopfsteingepflasterte Gassen von hübschen weißen Häusern gesäumt waren. Am Weg fanden wir eine kleine Pension. Wir fragten nach, ob ein Zimmer frei wäre und hatten Glück. Ein kleines, einfaches Doppelzimmer war noch zu haben.

So verbrachten wir hier einige Tage in wunderschönen Buchten zwischen hohen, goldfarbenen Sandsteinfelsen, die steil in einen jadegrünen Atlantik abfielen.

Nach fünf Tagen fuhren wir mit dem Bummelzug wieder zurück nach Vila Rial de Santo Antonio. Der heiße Fahrtwind zog durch die geöffneten Fenster. In der Sitzreihe neben uns fütterte eine portugiesische Großmutter ihr Enkelkind mit in Milch eingeweichtem Brot. Während sich das kleine Mädchen immer wieder weigerte, weiter zu essen, schaffte es die Oma mit allerlei Tricks und Überredungskünsten, ein Stück nach dem anderen in den Mund der Kleinen zu stopfen. Und kurz nachdem die Schüssel leer war, kam, was kommen musste – das Mädchen erbrach die ganze Milch und die ganzen Brotstückchen mit einem Schwall wieder heraus, direkt am Gang neben unseren Sitzplätzen.

„Kein Wunder! Bei dieser Hitze ein Kind zum Essen zwingen! Die Kleine wollte ja eh nichts! Das war notwendig!", schimpfte Woifal vor sich hin.

Hastig bemühte sich die Großmutter, das Unglück zu beseitigen.

Nachdem wir in Vila Rial de Santo Antonio angekommen waren, ging es über den Grenzfluss wieder zurück nach Ayamonte und von dort nach Huelva. Wir überlegten, den Umweg über Malaga zu vermeiden und stellten uns an die Straße, um unser Glück beim Autostoppen zu versuchen.

Und da war es wieder - dieses angenehme Gefühl von Abenteuer und prickelnder Ungewissheit! Wer würde uns mitnehmen? Wo würden wir ankommen?

In einem Anflug von Übermut begann ich lauthals zu singen: „I was born on a wand'ring star ..."

Woifal begann über mich zu lachen und lehnte sich an die Leitplanke. Auch ihn hatte nach den langen Zugfahrten wieder die Lust aufs Autostoppen gepackt. Es kümmerte uns im Moment auch nicht, wie lange wir warten würden. Wir waren voller Zuversicht – und hatten Glück. Nach gar nicht allzu langer Zeit blieb ein VW-Bus stehen. Ein paar Deutsche, die auf dem Weg zurück nach München waren, boten uns an, es uns auf der improvisierten Liegefläche bequem zu machen und nahmen uns bis Torremolinos mit. Als wir spät am Nachmittag durch Marbella fuhren, lernten wir kennen, was die Reichen und Schönen an die

Costa del Sol zog und was wir in Torremolinos vergeblich gesucht hatten: Breite Palmenpromenaden, elegante Häuser, weiße Strände und als Kontrast die schroffe Sierra Nevada im Hintergrund.

Torremolinos war wieder ernüchternd. Doch wie schon beim ersten Mal, wollten wir uns auch diesmal nicht lange hier aufhalten. Nachdem wir ein wenig von unserem Reisebudget abgezwackt und Dope gekauft hatten, suchten wir schnellstens das Weite. Wir fuhren noch am selben Tag nach Madrid und spät abends nach Barcelona. Von dort hatten wir nicht mehr weit nach Tossa, wo wir unseren restlichen Urlaub verbrachten.

Und schließlich war es wieder Zeit, die Heimreise anzutreten. Da wir mit der Bahn weiterfahren wollten und Tossa nicht an der Bahnstrecke lag, fuhren wir per Autostopp zum Bahnhof nach Figueres. Von dort ging die Fahrt durch das karge Landesinnere und erst kurz vor Port Bou an die Küste zurück. Die Bahntrasse führte hoch über dem Meer entlang und eröffnete uns atemberaubende Ausblicke auf die wild zerklüftete Costa Brava. Mit einem schrillen Pfiff verschwand der Zug in den Berg hinein, bahnte sich seinen Weg durch den schwarzen Tunnel und kam nach dessem Ende am Bahnhof von Port Bou an. Nach einem kurzen Aufenthalt wurde der Zug noch einmal vom Berg verschluckt und hatte nach seinem Wiederauftauchen den Bahnhof von Cerbère erreicht. Endstation.

Wir stiegen aus und beschlossen, hier eine kleine Pause einzulegen. Es war Abend geworden. Die Sonne ging langsam unter. Eine angenehme Brise brachte leichte Abkühlung. Wir gingen zum Meer hinunter und setzten uns am Rand der kleinen Bucht auf die niedrige Mauer. Woifal drehte sich eine Zigarette.

„Jetzt wäre es gut, noch was zum Kiffen dabeizuhaben", sagte er und blies den Rauch in kleinen Ringen in die Luft.

Ich pflichtete ihm bei, obwohl ich insgeheim froh war, endlich ohne Zittern die Grenzen passieren zu können.

„Sollen wir versuchen, durch Frankreich autozustoppen? Dann sparen wir das Geld für mein Bahnticket", überlegte ich, da ich für Frankreich keinen Freifahrtsschein hatte und unser Reisebudget durch die Ausgaben für das Dope schon ziemlich geschrumpft war.

Woifal nickte.

„Das wird das Beste sein. In der Nacht ist es sowieso leichter von LKWs mitgenommen zu werden, als tagsüber. Und ab Italien können wir ja wieder mit dem Zug fahren."

Ein französisches Pärchen kam zum Meer herunter und setzte sich zu uns. Es waren junge Rucksacktouristen auf dem Weg nach Spanien, die ebenfalls eine kleine Pause einlegten. Nachdem wir uns mit ein paar Brocken Englisch und Französisch bekannt gemacht und von unseren Reiserouten erzählt hatten, machte ein Joint die Runde, und bevor wir wieder unserer Wege gingen, ein zweiter.

Gut gelaunt verabschiedeten wir uns voneinander. Dann gingen wir zur Straße hinauf und warteten auf eine Mitfahrgelegenheit. Nach einiger Zeit nahm uns ein portugiesischer Gastarbeiter mit, der nach Marseille fuhr. Wir waren froh, gleich eine so weite Strecke hinter uns bringen zu können! Der Portugiese konnte ein paar Brocken Französisch.

„Où vous-aller?"

„Autriche"

Anerkennend nickte er. Dann konzentrierte er sich wieder auf die Straße und setzte die Fahrt schweigend fort. Nachdem wir die Autobahn erreicht hatten, fuhr er die erste Raststätte an, um vollzutanken. Doch anstatt nach dem Tanken weiterzufahren, forderte er uns plötzlich auf, auszusteigen. Verständnislos sahen wir ihn an. Noch einmal, diesmal etwas bestimmter, deutete er uns, mitzukommen und machte uns durch Gesten verständlich, dass wir etwas essen sollten. Darum ging es also! Eigentlich hatten wir nicht eingeplant, in den teuren Raststätten Geld für Essen auszugeben, doch die Hartnäckigkeit unseres Fahrers schien uns keine Wahl zu lassen. Etwas unwillig stiegen wir aus. Der Portugiese öffnete den Kofferraum seines Autos und winkte uns herbei. Da glaubten wir, unseren Augen nicht zu trauen! Der ganze Kofferraum war voll mit gegrillten Hühnerteilen! Ein ganzer Berg kleiner Keulen, Flügeln und Brüstchen mit knuspriger Haut und verführerischem Duft lag vor uns! Der Portugiese drückte jedem von uns eine Keule in die Hand und bediente sich dann selbst. Kaum hatten wir fertig gegessen, forderte er uns auf, nochmal zu nehmen. Hungrig aßen wir. Es schmeckte so köstlich! Es schmeckte nach liebevoll zubereiteter Hausmannskost als letzte fürsorgliche Geste vor einem langen Getrenntsein.

Satt und zufrieden fuhren wir weiter.

Nach einiger Zeit hatten wir den Eindruck, dass unser Fahrer Schwierigkeiten hatte, die Spur zu halten. Mal fuhr er zu weit links, dann wieder zu weit rechts, mal wurde er langsamer, dann gab er Gas …

„Dem fallen dauernd die Augen zu!", sagte Woifal plötzlich beunruhigt. „Wer weiß, wie lange der schon durchfährt!"

Die Fahrt nach Marseille wurde nervenaufreibend. Besonders für Woifal, der vorne saß. Ich hatte das Glück, hinten am Rücksitz nicht alles so genau mitzubekommen.

Nach einigen schweißtreibenden Stunden hatten wir endlich Marseille erreicht. Unser Fahrer steuerte auf die nächste Ausfahrt zu, bremste abrupt und hielt, um uns aussteigen zu lassen. Der LKW hinter uns drückte auf die Hupe, blinkte mehrmals auf, machte eine Vollbremsung und schaffte es gerade noch, im letzten Moment anzuhalten. Schnell stiegen wir aus, bedankten uns und brachten uns in Sicherheit. Der Portugiese gab Gas und fuhr weiter.

„Das war jetzt aber ganz schön knapp!", sagte Woifal. „Ich habe nicht mehr damit gerechnet, dass sich das noch ausgeht!"

Wir gingen von der Ausfahrt auf die Autobahn zurück und stellten uns an den Fahrbahnrand. Trotz des ungünstigen Platzes nahm uns bald ein Fernfahrer bis Antibes mit. Inzwischen war es spät in der Nacht geworden. Mit dem nächsten LKW fuhren wir bis Genua. Von hier ging es wieder mit der Bahn weiter. Zuerst bis Milano und dann von Milano nach Innsbruck.

Der Zug nach Innsbruck war ziemlich voll. Sogar der Gang war mit Rucksacktouristen belegt. Suchend gingen wir von einem Waggon in den nächsten. Endlich fanden wir zwei freie Plätze in einem Abteil mit vier jungen Italienern. Es waren zwei Pärchen, die ebenfalls mit dem Rucksack unterwegs waren, so wie wir. Wir verstanden uns auf Anhieb, obwohl keiner die Sprache des anderen konnte. Und es dauerte nicht lange, da packte auch schon einer von ihnen ein Stückchen Dope aus der Tasche und baute einen Joint. Sofort verbreitete sich der unverkennbare Geruch im Abteil. Grinsend schob sein Freund das Fenster weiter nach unten. Bald darauf kam der Schaffner, um die Fahrscheine zu kontrollieren. Als der Schaffner wieder weg war, wurde der nächste Joint gedreht. Langsam vergingen die Stunden, bis es nicht mehr weit bis zur österreichischen Grenze war.

Wir hatten gerade den letzten Joint fertig geraucht, als plötzlich zwei Zöllner mit Hund in den Waggon kamen. Der Italiener, der den letzten Joint gedreht hatte, stopfte blitzschnell die zwei großen Kugeln Haschisch, die er dabei hatte, in seine Backen und stürmte aus dem Abteil. Woifal konnte von seinem Platz aus sehen, wie der Hund hinter ihm her wollte und vom Zöllner gerade noch zurückgehalten wurde.

Wenig später kam unser Reisegefährte zurück. Er setzte sich neben seine Freundin, legte seinen Arm um sie und schien wieder ganz entspannt zu sein.

„Bestimmt hat er das Dope in der Toilette entsorgt", vermutete Woifal bedauernd.

Unser aller Blicke trafen sich, Zuversicht vermittelnd. Wie gut man sich oft ohne Worte verständigen konnte!

Und dann war es soweit – die Zöllner gingen durch. Die Abteiltür wurde geöffnet.

„Pasaporte!"

Schnüffelnd zog der Hund an der Leine.

Die Zöllner sahen die Pässe durch. Und dann ordneten sie an, dass wir alle – unser gesamtes Abteil – mitkommen müssten.

Bei der nächsten Station stiegen wir aus und folgten den Zöllnern ins Zollgebäude. Dort wurden wir getrennt voneinander durchsucht. Die Zöllner räumten unsere Rucksäcke aus. Meine Toilettasche wurde bis ins letzte Detail inspiziert, wobei die Zöllner nicht wussten, wie meine Gesichtspuderdose aufzubekommen war und ratlos von einem zum anderen reichten. Und unsere unbekümmerten Gesichter (da wir ja unsere letzten Krümel in Tossa verraucht hatten) bewirkten, dass die Motivation der Zöllner, weiterzusuchen, zusehends abnahm. Auch eines der beiden italienischen Pärchen schien fertig durchsucht worden zu sein und kam aus dem Nebenraum. Forschend sahen wir einander an.

„Bene", raunte uns die Freundin des Typen zu, der sich das Dope in die Backen gestopft hatte.

Wir erwiderten ihre Botschaft mit einem Nicken und vielsagendem Grinsen.

Dann kamen auch die anderen beiden. Die Kontrolle war beendet, und wir konnten gehen. Unser Zug war natürlich weg. Aber was machte das schon. Wir nahmen einfach den nächsten und kamen spät abends in Salzburg an.

Weißt du, worauf ich mich freue?", sagte Woifal, als er die Haustür aufsperrte. „Auf ein Gerät. Und dann auf ein Bad!"

Wir fuhren mit dem Lift in den fünften Stock und gingen zur Wohnungstür. Woifal suchte den Schlüssel aus seiner Tasche, hatte ihn gefunden, steckte ihn ins Schloss …, irgendetwas hakte, versuchte es noch einmal …

„Der Schlüssel passt nicht! Das ist ein anderes Schloss!"

Fassungslos sah er mich an.

„Diese Arschlöcher haben das Schloss ausgetauscht!"

Ich wusste nicht, was ich denken sollte. War das nun Traum oder Wirklichkeit? Ich warf einen Blick auf das Türschloss. Es war ein anderes. Zweifellos. Mir blieb die Luft weg.

Da standen wir nun nach tagelanger Fahrt verschwitzt, hungrig und müde vor der Wohnungstür und konnten nicht hinein!

„Arschlöcher!", rief Woifal nochmal und boxte wütend mit der Faust gegen die Tür.

„Was machen wir?", fragte ich, den Tränen nahe.

„Gehen wir mal telefonieren. Irgendwo werden wir schon unterkommen."

Wir gingen wieder zurück zum Bahnhof. Woifal suchte ein bisschen Kleingeld für die Telefonzelle. Kurz telefonierte er. Als er fertig war, schien er erleichtert.

„Wir können zu Harry und heute bei ihm schlafen", sagte er.

Wieder nahm uns Harry auf. Da Gina mit ihrem Kind und ihrer Mutter ohnehin für eine Woche nach Caorle fahren wollte, bot er uns an, inzwischen bei ihm zu bleiben.

Wir nützten diese Woche, um herauszufinden, was wir tun könnten und ließen uns beim Mieterschutz beraten. Das Recht war auf unserer Seite. Die Vermieterin war nicht befugt, uns den Zugang zur Wohnung und somit zu unseren Sachen zu verwehren. Wir konnten beim Gericht eine Besitzstörungsklage einreichen und wurden vom Mieterschutz vertreten. Allerdings würde das ganze Verfahren mehrere Wochen dauern, und es stellte sich die Frage: Wo sollten wir in der Zwischenzeit wohnen?

Als ich meiner Mutter unsere Situation geschildert und sie gefragt hatte, ob wir nicht diese drei Wochen bleiben könnten, hatte sie zur Antwort gegeben: „Du schon. Aber dein Vater schmeißt uns alle drei aus der Wohnung, wenn du Woifal auch mitbringst!"

Und bei Woifal war es ähnlich gewesen. Da er sich der Antwort schon im Vorhinein sicher gewesen war, hatte er nicht einmal gefragt.

„Von meinen Eltern kann ich mir keine Hilfe erwarten. Die waren froh, wie ich endlich ausgezogen bin!"

Da halfen uns die Wirsings weiter! Freunde von ihnen hatten vor kurzem eine Wohnung gemietet und boten uns bis zum Ergebnis der Verhandlung Unterschlupf. Eigenartigerweise hatten sie ihre Wohnung provisorisch mit Pressspanplatten in mehrere kleine „Räume" unterteilt, was uns nun zu Gute kam.

„Mit dieser Wohnmöglichkeit haben wir jetzt aber Glück gehabt!", stellte Woifal erleichtert fest.

Ich nickte.

„Ja, das stimmt. Aber dass man in so einer Situation nicht bei den Eltern bleiben kann, ist schon komisch. Bei deinen nicht und bei meinen nicht."

Das Ergebnis der Gerichtsverhandlung, worin es hieß, dass die Vermieterin das alte Schloss wieder einbauen, das Mietverhältnis in einem ordentlichen Kündigungsverfahren kündigen und eine Strafe von über achttausend Schillingen bezahlen musste, nahmen wir mit Genugtuung zur Kenntnis. Ihre Anschuldigungen, dass wir „die Wände beschmiert" und die „Möbel veräußert" hätten, wurde im Besitzstörungsverfahren nicht beachtet und waren gegenstandslos.

Trotzdem wir wieder in unsere Wohnung zurück konnten, mussten wir uns Gedanken darüber machen, wo wir in Zukunft wohnen wollten. Unser gutes Verhältnis zu Harry und ein dementsprechendes Inserat in der Samstagzeitung brachten uns auf die Idee, gemeinsam einen Bauernhof zu mieten. Der Preis war hoch, aber zu viert leistbar, die Lage war – sehr weit weg. Untermühlham hieß der Ort, irgendwo in der Einöde, fast vierzig Kilometer entfernt von Salzburg. Als wir den Bauernhof besichtigten, spielte die Lage keine Rolle mehr. Wir waren nur noch begeistert. Die Wohnräume waren wunderschön renoviert, und Wald und Felder gehörten dazu, soweit das Auge reichte. Hier zu leben – das stellte ich mir so romantisch vor!

Der Besitzer des Bauernhofes lud uns in sein Haus ein, um gemeinsam mit seiner Frau die Vertragsbedingungen zu besprechen.

An dem abschätzenden Blick der Frau merkte ich gleich, dass wir keine guten Karten hatten. Ein einziger, der Geld verdiente, nämlich Harry – er arbeitete inzwischen wieder in der Nachtgastronomie - und wir anderen alle arbeitslos, beziehungsweise in Karenzurlaub – das war ihr zu unsicher. Wovon sollten wir denn leben und, vor allem, die Miete bezahlen?

Wir erhielten eine Absage.

Im ersten Moment war ich enttäuscht. Aber im zweiten Moment gestand ich mir ein, dass es ganz schön unüberlegt gewesen wäre, ohne Auto dorthin zu ziehen. Und wer weiß, ob wir uns auf Dauer mit Harry und seiner Familie wirklich so gut verstanden hätten …

Da kamen eines Abends wieder einmal die Wirsings zu uns und hatten gute Nachrichten: „Wir haben eine Wohnung gefunden in einem Zweifamilienhaus in Aigen. Die zweite Wohnung wäre auch noch frei. Die könntet ihr nehmen!", verkündete meine Schwester freudestrahlend.

Da die Wirsings ebenfalls auf Wohnungssuche waren, hatten sie in der Studentenbörse dieses alte Haus entdeckt. Die Eigentümer wollten es eigentlich abreißen und ein neues errichten, doch dazu mussten sie noch Geld aufbringen, und bis dahin sollte das Haus vermietet werden.

Für uns war es wie ein schöner Traum - ein eigenes Haus mit Garten! Begeistert sagten wir zu!

Die Wirsings zogen oben ein und wir im Erdgeschoß. Die Lage am Stadtrand und der große Garten bewirkten, dass wir uns sehr wohl fühlten, wenn auch die spärlich eingerichtete Küche aus den fünfziger Jahren stammte, der E-Herd elektrische Schläge austeilte, die kleine Sitzbadewanne rostig war und das Wohnzimmer keinen Bodenbelag hatte.

Im Winter wurde der fehlende Komfort des Hauses dann doch spürbar unangenehmer. Unsere Wohnung hatte zwar eine uralte Zentralheizung, die Umwälzpumpe schaffte es aber nicht mehr, die Heizkörper zu erwärmen. Wie sehr Woifal auch den Ofen im Keller einheizte - in der Wohnung hatte es selten über sechzehn Grad. Wir versuchten zwar, die Kälte einfach zu ignorieren und uns trotzdem im Morgenmantel zum Frühstück zu setzen, Woifals Freunde aber behielten stets die dicken Jacken an und wunderten sich, wie wir das nur aushielten.

Zufälligerweise wohnten einige von Woifals Freunden in der näheren Umgebung. Da gab es zum Beispiel Rupert. Mit seinen rundgeschnittenen, schulterlangen Haaren und seinem

Spitzbärtchen erinnerte er mich irgendwie an einen Minnesänger. Und es passte zu ihm, dass er ein Faible fürs Mittelalter hatte. Obwohl er ein wenig schrullig wirkte, war es immer recht gemütlich bei ihm. Er beherrschte es, auf fast andächtige Weise Tee zuzubereiten und hatte die ausgefallensten Sorten.

Ein anderer Freund, der einige Straßen weiter wohnte, war Roland. Roland bewohnte mit seiner Freundin und ihrer gemeinsamen kleinen Tochter zwei Räume in einem alten Holzhäuschen. Er arbeitete stundenweise in einem Sozialhilfeverein. Seine chronische Geldknappheit brachte es mit sich, dass er sein Dope sehr sparsam einteilen musste. Das bedeutete, dass seine Joints recht schwach waren, weshalb sie von Woifal ironisch als „Alibijoints" bezeichnet wurden. Wir besuchten Roland sehr oft und gingen (nachdem Woifal zwischendurch einige stärkere Joints gebaut hatte) dann immer ziemlich bekifft nach Hause. Wenn wir viel Gras geraucht hatten, war der Nachhauseweg besonders schön. Die Schatten zeichneten interessante Muster am Boden, und die Straßenlaternen, Bäume und Gärten entlang des Weges erschienen uns oft wie Filmkulissen eines Märchenfilms.

Wer auch von zu Hause ausgezogen war und bald in unserer Nähe wohnte, war George. Er hatte, was mich sehr wunderte, eine Freundin gefunden, mit der er zusammengezogen war. Sie hieß Astrid und war – abgesehen davon, dass sie auch kiffte – ziemlich konservativ. Sie passte gut auf ihn auf und schaute darauf, dass niemand seine gönnerhafte, großzügige Art (die nach einer gewissen Menge Alkohol stets zum Vorschein kam) ausnutzte.

Und dann gab es noch Heli. Er hatte eine winzig kleine Mansardenwohnung, die gleich ziemlich voll wurde, wenn wir alle bei ihm waren, und eine große kugelförmige Korblampe im Wohnzimmer, die sich immer ein bisschen drehte und dabei kreisende Muster und Schatten an die Wände warf – was nach einigen Joints besonders „berauschend" wirkte …

So hatten wir täglich Spaß und Unterhaltung und jede Menge Leute um uns. Nur der Kontakt zu den Wirsings – der wurde im Laufe der Monate immer spärlicher. Maco hatte nun seine eigene Wohnung und seine eigenen Freunde. Im Gegensatz zu vorher, wo uns die Wirsings fast täglich besucht und oft bei uns übernachtet hatten, besuchten sie uns nun überhaupt nicht mehr. Unser Verhältnis zueinander wurde immer kühler und beschränkte sich bald nur noch aufs Grüßen, wenn wir uns zufällig im Haus begegneten.

Trotzdem wir unser Geld genau einteilen mussten, um bis zum Monatsende damit durchzukommen, gönnten wir uns jeden Morgen ein Frühstück vom Bäcker. Knuspriger Kornspitz mit Grünem Pfeffergervais, dazu ein frisch aufgebrühter Filterkaffee und danach der erste Joint – so begann unser Tag. Und weil man „auf einem Bein nicht gut stehen kann", wie Woifal zu sagen pflegte, folgte auf den ersten Joint gleich der nächste. Der Rest des Tages verlief dann gemächlich. Entweder spazierten wir durch den Aigner Park, einem Naturpark am Fuße des Gaisbergs ganz in unserer Nähe, der auf verwunschenen Wegen einen Bachlauf mit zahlreichen Wasserfällen, Felskesseln, Stegen und Grotten entlangführte, oder wir bekamen ohnehin Besuch von Woifals Freunden. Dann spielten wir Karten, legten Musik von Frank Zappa, Carla Bley, Captain Beefheart, Pink Floyd oder Miles Davis auf und saßen bis abends beisammen.

Unser Leben war ein angenehm unbekümmertes durch den Tag dümpeln, das nur hin und wieder von Woifals lästigen Terminen beim Arbeitsamt unterbrochen wurde. Dank vieler guter Tipps seiner Freunde gelang es Woifal stets, die Stellenangebote unauffällig zu vereiteln. Das wichtigste dabei war, nicht sofort anzurufen. Oft waren die Stellen dann bereits vergeben. War das nicht der Fall, musste der Eindruck beim Vorstellungstermin möglichst ungünstig sein. Meist wirkten schon Unpünktlichkeit, lange Haare und schlampiges Outfit. Wenn nicht, genügte es anzugeben, dass man in absehbarer Zeit seine Stelle im Gastgewerbe wieder aufnehmen würde. Und in manchen Fällen – im Baugewerbe zum Beispiel – war auch der Auftritt im Anzug durchaus abschreckend.

Als wir wieder einmal nach Kornspitz und Pfeffergervais und Kaffee einen Joint rauchten, sagte Woifal bedrückt: „Das ist jetzt der letzte."

„Hast du diesmal nichts versteckt?", fragte ich und spürte ein bisschen Panik in mir aufsteigen.

Woifal schüttelte den Kopf.

Ich versuchte, in seinem Gesicht abzulesen, ob er schwindelte. Vielleicht hatte er vorgesorgt und wieder irgendwo ein kleines Piece für „Notzeiten", von dem ich nichts wusste?

„Nein", sagte er zerknirscht, „diesmal habe ich wirklich nichts versteckt. Ich habe fest geglaubt, dass wir rechtzeitig was auftreiben werden."

Dann schwieg er und dachte nach. In seinen Gedanken schien er alle möglichen Quellen durchzugehen.

Schließlich sagte er: „Schaun wir mal beim Klausi vorbei!"

Klaus hatte früher einer Motorradgang angehört und einen weitläufigen Freundeskreis, was für uns bedeutete, dass er selbst dann Dope hatte, wenn sonst überall Flaute herrschte. Er war ein sympathischer, in sich ruhender Mensch und hatte einen Hund namens „Rambo", den er nach dem Actionhelden des gleichnamigen Films benannt hatte.

Wir spazierten in die Innenstadt, wo Klaus eine Wohnung in einem Altstadthaus seiner Mutter bewohnte.

„Hoffentlich ist er daheim!", sagte Woifal, während er läutete.

Seine Sorge war unbegründet. Unmittelbar nach dem Läuten ertönte Hundegebell, das gleich wieder verstummte, und danach das Summen des Türöffners. Wir gingen die Treppe hinauf in den ersten Stock, wo uns Klaus an der geöffneten Wohnungstür erwartete.

„Ihr seid's! Kommt herein!", begrüßte er uns erfreut.

Wir folgten ihm ins Wohnzimmer. Mit einem schnellen Blick taxierte Woifal den Tisch, während er sich setzte. Seine Augen suchten nach Jointstummeln im Aschenbecher, Zigarettenpapier, abgerissenen Kartonstreifen – kurz gesagt nach Hinweisen, die darauf schließen ließen, dass Klaus Dope hätte. Doch nichts davon war zu sehen. Der Tisch war leer. Auch der Aschenbecher stand nicht, wie sonst, in der Mitte. Das wiederum war verdächtig. Ein weggeräumter Aschenbecher war immer verdächtig.

Bevor wir lange rätseln mussten, holte Klaus Dope und Tabak und stopfte ein Bong. Geräuschvoll blubberte der Rauch durchs Wasser, als Klaus das Bong an den Mund setzte und tief inhalierte. Nach zwei intensiven Zügen reichte er das Bong weiter. Woifal saugte so viel Rauch wie nur irgendwie möglich in das Bong, öffnete dann das Kickloch, wodurch der Rauch in die Lungen gepresst wurde und hielt eine Weile die Luft an, bevor er den Rauch wieder ausstieß. Das ganze schaffte er dreimal. Dann lehnte er sich zufrieden zurück. Nun war ich an der Reihe. Einsaugen, Kickloch öffnen, inhalieren – meine Lungen füllten sich mit so viel Rauch, dass ich husten musste. Dafür setzte die Wirkung schnell und intensiv ein. Um mich herum rauschte es nur noch. Woifal grinste von einem Ohr zum anderen.

„Nicht schlecht, der Grüne … Hast noch was davon?"

„Brauchst was? Ich könnt schaun, ob's noch was gibt. Wie viel? Zehn Gramm?"

„Ja, das wär super! Bis wann?"

Mit der Aussicht, dass wir übermorgen wieder kommen sollten, fuhren wir nach einigen weiteren Bongs ziemlich bekifft nach Hause. Zu Hause dann das ernüchternde Gefühl, dass wir definitiv nichts mehr zu rauchen hatten. Woifal drehte sich eine Zigarette und öffnete eine Flasche Rotwein. Wir tranken einige Gläser, um so die Wirkung der Bongs ein bisschen hinauszuzögern.

Am nächsten Morgen war es richtig schlimm. Der Joint zum Frühstück fehlte. Der Joint nach dem Frühstück fehlte. Und alle weiteren Joints fehlten. Die Welt so nüchtern zu betrachten, war nicht schön. Abends besuchten wir Heli. Er hatte ein bisschen was zu rauchen. Und beim Schein der Korblampe, die sich drehte und drehte, war die Welt wieder in Ordnung.

Zum Glück hatte uns Klaus etwas besorgen können. So schwelgten wir die ersten Tage in Saus und Braus. Langsam aber zerbrachen wir uns den Kopf darüber, wie und wo wir eine größere Menge auftreiben könnten.

„Wenn irgendwer wieder mal nach Amsterdam fahren und was für uns mitnehmen würde – das wär schon was …", sinnierte Woifal.

Tatsächlich hatte immer wieder jemand von Woifals Freunden Geld eingesammelt und nach Abzug der Unkosten und des Gewinns eine bestimmte Menge Dope für jeden mitgebracht. Doch zur Zeit fuhr niemand nach Amsterdam. Der letzte, der es versucht hatte, war „eingefahren", in Aachen an der Grenze, dort, wo es uns beinahe erwischt hätte.

Da kam uns eines Tages eine günstige Gelegenheit zu Hilfe. Ein alter Bekannter von mir, der für ein Jahr als Soldat auf den Golanhöhen gedient hatte, war wieder zurück und wollte sich mit mir treffen. Ich besuchte ihn in seiner kleinen Garconniere. Er erzählte mir von allerlei Problemen, die er hatte. Eines davon war: Er hatte einen großen Schäfer-Colliemischling aus dem Tierheim geholt, den er nicht mehr behalten konnte. Und das andere: Er brauchte Geld.

Den Hund könnte ich vorübergehend zu mir nehmen, bis er einen Platz gefunden hätte, schlug ich vor. Und wegen Geld … Ja, da hätte ich eine Idee. Ich würde mich diesbezüglich besprechen und dann wieder bei ihm melden.

Als ich nach Hause kam, konnte ich es kaum erwarten, Woifal die Neuigkeiten zu berichten.

„Du, Herzog muss einen Platz für seinen Hund finden. Ein paar Tage können wir ihn doch nehmen, oder?"

„Naja, vorübergehend geht's schon. Wir haben eh genug Platz. Und einen Garten auch."

„Und noch was", begann ich. „Herzog braucht Geld. Was meinst du – er könnte doch mal nach Amsterdam fahren?"

„Das ist mir zu gefährlich. Ich will nichts mit der Polizei zu tun haben, wenn er an allen möglichen Leuten Dope verkauft und dann auffliegt!"

„Ich hätte mir gedacht, dass er es nur holt und wir es verkaufen. Er setzt sein Geld ein und kriegt es dann aus den Verkäufen zurück. Und von dem Dope, das wir verkaufen, bleibt uns auch was … Wenn er zweihundert Gramm holt und in Amsterdam vierzig Schilling fürs Gramm bezahlt, können wir es für neunzig verkaufen! Das heißt, er zahlt achttausend, wir geben ihm …", ich rechnete kurz nach, „sagen wir fünfzehntausend und können dreißig Gramm verrauchen! Damit hat er einen Gewinn und wir kostenloses Dope!"

„Glaubst du, das kann er? Der kennt sich doch in Amsterdam nicht aus!"

„Wir erklären ihm alles. Er braucht ja nur ins Bulldog gehen und das verlangen, was wir ihm sagen."

Woifal schien sich mit dem Gedanken anzufreunden. Er grinste.

„Schaun wir mal, was er zu dem Vorschlag sagt."

Herzog war begeistert, als ich ihm seinen voraussichtlichen Gewinn vorrechneten. Und Woifals Beschreibung, wie er die ganze Aktion durchführen müsse, klang einfach: Direkt das „Bulldog" aufsuchen, an der Bar Menge und Sorte ordern, ein Versteck im Auto finden und dann über Luxemburg zurückfahren. Und am Rückweg nichts dabei zu haben, was auf einen Besuch in Amsterdam schließen ließe, keine Rechnung, kein Ticket, nichts!

Herzog nahm unseren Vorschlag an. Kommendes Wochenende schon wollte er gemeinsam mit einem Freund die Fahrt antreten. Als es soweit war, brachte er uns den Hund, erhielt im Gegenzug die Adresse des „Bulldogs" und einige Ratschläge von uns und machte sich auf den Weg.

Gespannt fieberten wir seiner Rückkehr entgegen. Innerlich zweifelte ich nun doch ein bisschen an dem ganzen Vorhaben. Ich hatte die leise Befürchtung, dass er im letzten Moment einen Rückzieher gemacht haben könnte. Oder dass womöglich der Einkauf im „Bulldog" aus irgendeinem Grund doch nicht geklappt hätte …

Unsere Sorge war unbegründet. Zum vereinbarten Termin standen Herzog und sein Freund vor der Tür. Ihre Gesichter verrieten Freude und Erleichterung. Sollte es wirklich gelungen sein?

Und dann packten sie zwei große Platten Grünen Marokkaner aus der Tasche!

„Es war ganz leicht!", erzählten sie. „Genauso, wie ihr es beschrieben habt! Wir sind sogar über die holländisch-deutsche Grenze gefahren! Es gab gar keine Probleme. Ein paar Fragen, dann konnten wir weiterfahren!"

Wir schluckten. Und hatten Respekt.

„Super!", sagte Woifal. „Wir werden es in den nächsten Tagen verkaufen und euch dann das Geld geben."

So versorgten wir alle Freunde und Bekannte mit Dope, sammelten das Geld dafür ein und fühlten uns wie im Schlaraffenland. Wir rauchten, so viel wir wollten. Wir brauchten nichts einzuteilen. Wir hatten keine Geldsorgen mehr, was die Beschaffung des Dopes betraf. Wir legten ein Stück beiseite als Vorrat – und hatten letztendlich zwölftausend Schillinge für Herzog.

„Das ist jetzt aber doch ein bisschen wenig!", sagte ich zerknirscht.

„Sie haben ja keinen Verlust", meinte Woifal.

„Wenn man die Unkosten abrechnet aber auch kaum Gewinn!"

Eine Woche später kamen Herzog und sein Freund, um das Geld abzuholen.

„Mehr ist sich nicht ausgegangen", erklärten wir, als wir es überreichten, „aber wenn ihr Geld braucht, könnt ihr ja jederzeit wieder fahren."

Sie zählten nach und wirkten ein wenig enttäuscht. Dann gingen sie.

Nach einigen Tagen kamen sie wieder.

„Wir werden noch einmal fahren!"

Diesmal machten wir uns keine großen Sorgen mehr. Sie kannten sich ja aus. Das hatten sie bewiesen. Und insgeheim freuten wir uns schon auf den nächsten Anteil, der für uns abfallen würde.

Sie fuhren wieder übers Wochenende und wollten Sonntagabend bei uns sein. Wir blieben vom Nachmittag an zu Hause und warteten.

160

Doch Herzog und sein Freund tauchten nicht auf. Spät in der Nacht war klar: Sie waren nicht zum vereinbarten Termin zurückgekehrt.

„Vielleicht hat alles länger gedauert", sagte ich und hoffte, sie würden einfach einen Tag verspätet kommen.

„Ich habe kein gutes Gefühl", sagte Woifal.

Und mit seinem Gefühl hatte er immer recht.

Auch diesmal.

Nach über einer Woche lag ein Brief im Briefkasten mit einem Stempel von Krefeld.

„Krefeld, Stadt wie Samt und Seide"

Und neben der Adresse handschriftlich hinzugefügt „Dringend"

Böses ahnend öffnete ich das Kuvert und hielt mehrere beschriebene Seiten in der Hand.

„Hallo Claudia!

Herbert und ich sind am 22.02.86 beim Grenzübertritt mit BTM (Betäubungsmittel), Hasch, erwischt worden, und nun sitzen wir in U-Haft. Wir können mit einer Verhandlung in ca. drei Monaten rechnen. Meine Chancen stehen sehr schlecht, weil uns eine Strafe von zwei bis fünf Jahren Gefängnis erwartet. Im besten Fall werden wir noch vorher nach Österreich abgeschoben, das hoffen wir jedenfalls. Aber ob das gut geht ist die andere Sache, na ja wir werden ja sehen. Zurzeit sehe ich Herbert nicht, weil wir nicht zusammen sein dürfen.

Aber jetzt brauche ich deine Hilfe. Du musst etwas erledigen. Es ist sehr dringend. Du musst zur Bewährungshilfe Salzburg gehen. Ich weiß nicht, wo die ist, aber ich brauche unbedingt Kontakt mit Mischa Maidl, das ist mein Bewährungshelfer. Dass es sehr dringend ist, wirst du ja verstehen.. Aber er soll zu niemandem ein Wort sagen, wo ich bin. Ich gebe dir einen Brief für ihn mit. So, das war's dann. Ich werde es schon schaffen. Vielleicht hast du Lust, mir zu schreiben. Gib bitte die Adresse auch dem Maidl. Bis zum nächsten Brief, oder wenn alles gut wird, zum nächsten Kaffee, grüßt dich dein Freund W."

„Jetzt ist es tatsächlich schief gegangen", sagte ich zu Woifal. „ Sie sitzen in Krefeld in U-Haft und warten auf die Verhandlung.

Meine erste Befürchtung war: „Hoffentlich ziehen sie uns nicht mit hinein."

Doch als ich den Brief ein zweites Mal las, fiel mir auf, dass er sehr vorsichtig formuliert war und nichts darauf schließen ließ, dass ich irgendetwas über diese Fahrt gewusst hätte. Trotzdem es meine Schuld war, dass er in diese Situation geraten war, schützte er mich.

„Zwei bis fünf Jahre werden es nicht sein", beruhigte mich Woifal, als ich das voraussichtliche Strafausmaß vorlas. „Wenn er noch nie was mit Drogen zu tun gehabt hat, wird's vielleicht mit der U-Haft und Bewährungsstrafe erledigt sein. Und sie haben sich ja selbst so entschieden. Jedem muss das Risiko dabei bewusst sein."

Ich gab ihm recht, dachte aber, dass die zweite Fahrt nicht stattgefunden hätte, wenn der Gewinn der ersten Fahrt unsere Versprechungen erfüllt hätte.

Nach einer guten Woche kam wieder ein Brief.

„Hallo Claudia!

Ich hoffe, dass ich bald nach Österreich abgeschoben werde, aber das kann noch dauern. Ich bin jetzt mit Herbert in einer Zelle, das ist momentan mein einziger Trost, den ich habe.

Sonst bin ich im Ganzen sehr niedergeschlagen. Jetzt bin ich erst fünf Tage in Haft, das kommt mir fast wie eine Ewigkeit vor. Ich weiß nicht, ob ich zwei Jahre überstehen würde. Aber irgendwie werde ich es schaffen müssen. Leichter würde es mir in Österreich fallen, da könnte ich wenigstens Besuch bekommen. Aber hier … man fühlt sich so fremd, so allein.

Jetzt ist so viel vorbei. Ich muss mit allem von vorne anfangen, von Null. Wahrscheinlich wird das auch sehr schwer sein.

Ich weiß nicht einmal, ob du den ersten Brief von mir bekommen hast. Ich weiß überhaupt nichts mehr. Ich hoffe, doch einmal von dir Post zu bekommen. Vielleicht kannst du mir einen guten Rat geben, wie ich das Ganze vorüberbringen kann, ohne daran zu verzweifeln, ohne mir ständig Gedanken zu machen, wie das Ganze weitergehen wird.

Was ich nicht mehr glaube ist, dass ich eine Bewährungsstrafe bekomme, denn ich habe ja zu Hause schon eine Vorstrafe, und die ist nicht zu niedrig. Ich glaube, ich werde wohl oder übel ins Gefängnis gehen müssen. Und dann brauche ich sehr, sehr viel Kraft.

Ich frage mich, was wird sein, wo werde ich schlafen, wenn ich rauskomme, ach es ist einfach wirklich alles Scheiße.

Viele Möglichkeiten hat man hier im Gefängnis nicht. Das Essen viel zu wenig, der Kaffee nicht zu trinken, Zucker gibt's gar nicht und Milch auch nicht. Du siehst, wie schwer es werden wird, hier durchzuhalten. Das Einzige, was ich in der Zelle habe, ist das Radio und einmal am Tag einen Film. Für Sport muss ich erst einen Antrag stellen und auch fürs Arbeiten und für andere Sachen, weil das erst vom Richter genehmigt werden muss.

Ja, ich fühle mich sehr schlecht heute, ich hoffe, dass das vergehen wird.

Nun muss ich diesen Brief schließen, weil ich kein Blatt Papier mehr habe. Aber ich schreibe dir bald wieder.

Alles Liebe dein Freund W."

Herzog schrieb noch viele Male. Im April hatte er die Verhandlung und wurde zu achtzehn Monaten unbedingter Haft verurteilt.

Wieder einmal verbrachten wir eine Zeit, wo der „Kampf ums tägliche Dope" unseren Alltag beherrschte. Die kleinen Mengen, die Woifal aufstellte, waren jedes Mal viel zu schnell verraucht, und eines Nachmittags war das eingetreten, was früher oder später unvermeidbar war: Wir saßen beim letzten Joint.

Woifal inhalierte den allerletzten Zug, mit dem er bereits den Rand des Filters mitgeraucht hatte, und dämpfte mit resignativem Blick den Stummel im Aschenbecher aus.

„Das war's dann", sagte er.

Und nach einer Pause: „Sonny und Maco sind vorhin weggegangen. Ich schau mal, ob sie was haben."

„Das kannst du nicht tun!"

Trotz unseres schlechten Verhältnisses zueinander – das ginge dann doch zu weit!

„Ach was. Einen kleinen Rauch weniger merken sie doch nicht!", entgegnete er. „Ich schau mal nach, ob die Wohnungstür offen ist."

Woifal ging hinaus. Ich hörte ihn die Treppe hinaufgehen. Nach wenigen Minuten kam er zurück.

„Zugesperrt!"

Insgeheim atmete ich auf.

„Vielleicht ist die Balkontür offen!", fiel ihm nach kurzem Nachdenken ein.

Ich folgte ihm in den Garten und hoffte inständig, dass es nicht so wäre!

„Sie haben die Balkontür offen gelassen! Ich hol mal die Leiter!"

„Lass das! Tu sowas nicht!", sagte ich noch einmal.

Ohne von mir Notiz zu nehmen, ging Woifal hinters Haus und kam mit der großen Leiter zurück. Er lehnte sie an die Hauswand. Sie reichte genau bis zum Balkon hinauf. Ich sah Woifal nach, wie er die Leiter hinaufkletterte und ins Wohnzimmer verschwand. Dann war längere Zeit nichts zu sehen.

„Hoffentlich kommen sie nicht!", dachte ich, während ich in ängstlicher Anspannung die Straße im Auge behielt.

Nach einiger Zeit erschien Woifal wieder, kletterte die Leiter herunter und stellte sie hinters Haus.

Ich atmete auf.

„Und?", fragte ich.

„Sie haben selber nur noch ein kleines Rauchpiece gehabt. Ich habe es auf der Herdplatte gewärmt und ein bisschen was runter gebrochen."

„Merkt man eh nichts?"

Woifal schüttelte den Kopf, wirkte aber nicht überzeugt. Und als Woifal zwei Joints daraus baute, die wir genüsslich rauchten, war ich insgeheim doch froh darüber.

Am nächsten Tag traf Woifal Maco - wie zufällig - im Stiegenhaus.

Nach kurzem Grüßen und oberflächlichem Wortwechsel kam Maco gleich zur Sache: „Stell dir vor – letztes Mal, als wir weggegangen sind, haben wir vergessen, die Herdplatte abzuschalten. Die Platte war ganz heiß, als wir abends nach Hause gekommen sind!"

Woifal stellte sich ein wenig überrascht und ging, ein paar passende Floskeln erwidernd, weiter zum Briefkasten. Es war ohnehin nicht mehr rückgängig zu machen und uns auch irgendwie egal. Wir hatten sowieso keinen Kontakt mehr zueinander. Was änderte es, dass das Grüßen im Treppenhaus nun auch vorbei war?

In diesem April, der so gar nichts Gutes brachte, geschah noch etwas. Es kam mit dem Regen, der tagelang, ohne nachzulassen, aus dunklen, dichten Wolken niederprasselte. Dann wurde in den Nachrichten plötzlich von erhöhter Radioaktivität berichtet. Zuerst in Schweden.

„Hast das gehört … In Schweden fallen die Vögel tot von den Bäumen!"

„Wie denn das?!"

„Keine Ahnung … Extrem hohe Strahlenwerte sollen angeblich gemessen worden sein …"

Zuerst maßen wir den Berichten im Fernsehen keine allzu große Bedeutung bei. Schweden war ja weit weg. Doch kurz darauf verbreitete sich auch bei uns das Gerücht über unerklärlich hohe Messergebnisse …

Und nach über einer Woche begann man die Bevölkerung über eine Katastrophe zu informieren, die es noch nie gegeben hatte. Ein Atomreaktor wäre explodiert. In Tschernobyl. Eine riesige Wolke hätte radioaktive Strahlung unbekannten Ausmaßes über Europa verteilt.

Mit dem Regen sei die Strahlung als radioaktiver Fallout niedergegangen und hätte den Boden kontaminiert.

Österreich war verstrahlt. Alles war radioaktiv verseucht. Es wurden Warnungen ausgesprochen keine Milch mehr zu trinken, kein Gemüse, vor allem Blattgemüse, zu essen, die Kinder nicht im Freien spielen zu lassen, die Fenster nicht zu öffnen …

Schwangere sollten sich in geschlossenen Räumen aufhalten, Bauern ihre Kühe nicht mehr mit Grünfutter füttern …

Es war eine unsichtbare Bedrohung um uns, um uns herum und überall, wohin wir auch gingen. Wir überlegten, was wir überhaupt noch essen könnten, ohne unsere Gesundheit zu gefährden, ob wir in den Garten gehen sollten, ob unser Hund Falco, den wir nun behalten hatten, womöglich auch verstrahlt wäre, wenn er von draußen hereinkäme – kurz: Es war von einem Tag auf den anderen alles anders geworden.

Wie zum Trotz kamen Woifals Freunde in den nächsten Tagen mit einem Frisbee und überredeten uns, mit an den Fuschlsee zu fahren, um dort Frisbee zu spielen. Woifal war gleich dabei. Er machte sich über die ganzen Vorsichtsmaßnahmen lustig und wollte sich in seiner Freiheit nicht einschränken lassen. Ich fuhr ebenfalls mit. Außer uns war niemand dort. Alles war menschenleer. Wir spielten auf der Wiese, die noch ganz nass vom Regen der vergangenen Tage war. Ich spürte die feuchte Erde und das nasse Gras unter meinen nackten Füßen. Und mir war in jeder Sekunde bewusst, dass diese Erde, dieses Regenwasser radioaktiv verseucht war.

Das Gefühl einer unsichtbaren Gefahr ausgeliefert zu sein, verfolgte mich auf Schritt und Tritt. So stand der Topf mit den Kamelien, die mir meine Mutter zum Namenstag geschenkt hatte, immer noch im Garten – ich hatte geglaubt, frisches Regenwasser würde ihnen gut tun – und nun wagte ich nicht mehr, sie in die Wohnung zu stellen. Seit dem Ausflug zum Fuschlsee hatte ich auch keine Lust mehr, hinauszugehen in die Natur. Die ständige Gewissheit, dass alles rund um uns radioaktiv verstrahlt war, machte mir Angst. Wir lasen in der Zeitung, dass eine Familie kurzentschlossen nach Australien ausgewandert wäre. Ich wünschte mich auch weg von hier. Wenigstens für einige Zeit.

„Du … - Spanien hat nichts abbekommen. Vielleicht sollten wir für ein paar Wochen auf Urlaub fahren?", schlug ich Woifal eines Tages vor und hatte dabei die absurde Hoffnung, dass bis zu unserer Rückkehr alles wieder vorbei und wie vorher wäre und wir der Radioaktivität in der Zwischenzeit entkommen könnten.

„Mit Hund – wie soll das gehen … Autostoppen oder mit dem Zug fahren können wir vergessen. Wir bräuchten selber ein Auto", überlegte Woifal.

Und als er sich nach einer kurzen Pause immer mehr mit dem Gedanken angefreundet hatte: „Ein R4 wäre ideal für uns. Klein, billig, unkompliziert und mit der offenen Heckklappe auch ganz schön geräumig. Meine Mutter hat mal einen gehabt. Das war das beste Auto überhaupt! Sie brauchte fast kein Geld für Reparaturen!"

Der Gedanke an Urlaub stimmte uns froh. Gleich am Samstag kauften wir die Zeitung und durchsuchten die vielen Annoncen.

„Da wär schon was für uns!", sagte Woifal plötzlich erfreut. „Ein R4, 8 Jahre alt und nur 54000 km! Mit der Sonderzahlung, die jetzt im Mai gekommen ist, geht es sich aus! Das Auto steht an der Tankstelle in der Innsbrucker Bundesstraße! Schauen wir es uns einmal an!"

Woifal ging zur Telefonzelle und vereinbarte einen Termin. Nachdem wir fertig gefrühstückt hatten und es, wie üblich, früher Nachmittag geworden war, spazierten wir mit Falco durch die Stadt und wieder stadtauswärts, bis wir die Innsbrucker Bundesstraße erreicht hatten. Falco war inzwischen unser ständiger Begleiter geworden, obwohl er ein schwieriger Hund war und meist mit allen Hunden, die uns begegneten, zu raufen begann. Und kaum waren wir an der Tankstelle angekommen, hatte er auch schon den kleinen Hund des Pächters entdeckt, stürzte darauf zu, packte ihn am Genick und schüttelte und beutelte ihn bedrohlich knurrend hin und her. Das kleine Fellbündel hing hilflos zwischen Falcos Zähnen und jaulte und schrie in Todesangst. Vergebens versuchten wir, Falco dazu zu bringen, den kleinen Hund loszulassen! Er nahm keine Notiz von uns. Er schien uns nicht einmal zu bemerken! Erst als der Besitzer mehrmals mit ganzer Kraft auf Falcos Schnauze boxte, kam Falco langsam zur Besinnung und ließ von „seiner Beute" ab.

Nachdem der Besitzer seinen Hund in den Geschäftsraum gesperrt hatte, kam er zu uns zurück und zeigte uns den R4. Der Schrecken steckte mir immer noch in den Gliedern. Woifal hatte den Zwischenfall schneller verdaut. Er begutachtete das Auto, und nach einer kurzen Probefahrt mit dem Tankstellenpächter, Falco und mir, kaufte er es.

Als wir einige Tage später zum „Schlangen-Manfred" fuhren und das Auto mit Falco im Heck am Straßenrand parkten, wurde uns bewusst, dass wir nun schon zwei „Besitztümer" hatten: Einen Hund und ein Auto.

Schlangen-Manfred war ebenfalls ein Freund aus der Motorradclique. Er bewohnte im Erdgeschoß eines alten Hauses eine kleine Substandardwohnung, die nur aus einer Küche und einem Wohnraum bestand. Die Wände des Wohnraums waren mit Terrarien ausgekleidet, in denen die verschiedensten Schlangen untergebracht waren. Auch eine dicke, behaarte Vogelspinne gehörte zu seiner Sammlung. Einmal hatte Manfred sogar einen kleinen Alligator besessen.

Passend zu seinem Schlangentick hatte Schlangen-Manfred ein Chillum mit dem kunstvoll gestalteten Motiv einer Königskobra, das er gleich mit uns rauchte. Schlangen-Manfred war ein freundlicher Typ, einer, der immer gut gelaunt war, doch lange hielt ich es nie bei ihm aus. Der Geruch der Reptilien war scheußlich, und wenn eine Maus hilflos im Terrarium herumrannte und es nur eine Frage der Zeit war, bis die Schlange zubiss, graute es mir davor, das womöglich mitansehen zu müssen.

Als wir nach Hause kamen, stand Willi vor unserer Tür. Mit seiner „John-Lennon-Brille", einem kleinen Rucksack auf der Schulter und verlegenem Grinsen im Gesicht sah er uns erwartungsvoll entgegen, als wir durch den Garten näherkamen. Und nachdem er mit uns hereingekommen war und sich eine Zigarette gedreht hatte, kam er gleich zur Sache: „Kann ich ein paar Tage bei euch bleiben?"

Willi rauchte eine wahnsinnig stinkende Tabaksorte. „Schwarzer Krauser" hieß sie. Für mich klang der Name wie „Schwarzer Grauser". Auf Grund des Gestanks und des Geschmacks war dieser Name für mich irgendwie logisch.

Willi erzählte, dass er sich von seiner Freundin getrennt hätte und von zu Hause ausgezogen wäre. Sein Unwillen, sich eine Arbeit zu suchen, hätte immer wieder für Probleme gesorgt. Letztendlich hätte ihn seine Freundin trotz des gemeinsamen Kindes mehr oder weniger hinausgeschmissen.

Nach außen hin war Willi ein bodenständiger Typ, innerlich aber ein sensibler Künstler. Er malte Bilder abstrakter Formen in feinen Farbschattierungen auf weißem Grund. Als gelernter Feinmechaniker acht Stunden täglich vierzig Stunden die Woche seine Freiheit aufzugeben, war ihm nicht gelungen. Lieber arbeitslos, lieber mittelloser Künstler sein – auch wenn damit die Familie in Brüche ging.

Natürlich lud ihn Woifal ein, bei uns zu bleiben. Abgesehen davon, dass Woifal sich für seine erste Wohngelegenheit bei Willi revanchieren wollte, war Willi auch eine willkommene Abwechslung in unserem Leben. Er kochte aus Wasser, Mehl, Zucker und Zimt einen Sterz für uns, wenn das Geld aus war, er fuhr mit uns durch die Landschaft, um irgendwo Marihuanapflanzen zu finden, die dann doch nur irgendwelche grüne Stauden waren, er lebte von Sozialhilfe, hatte Alimentationsschulden und machte sich trotzdem nichts daraus – kurz: Er war auch ein richtiger Lebenskünstler. Und er blieb länger als ein paar Tage und war natürlich dabei, als wir nach Spanien fuhren.

180

"Die Wirsings fahren heuer nach Cadaques. Soll dort sehr schön sein. Und weniger touristisch als Tossa", überlegte Woifal, als wir gemeinsam beratschlagten, wohin unsere Reise gehen sollte.

Und so ein bisschen aus neugierigem Trotz, weil die beiden immer noch nichts mit uns zu tun haben wollten, entschieden wir uns, ebenfalls dorthin zu fahren. Wir trafen einige Reisevorbereitungen, ließen beim Auto einen Ölwechsel machen und kauften etliche Dosen Hundefutter für Falco. Dann ging es los. Mit langsamen 100 km/h rollten wir Richtung Italien. Wenn es bergab ging, schaffte unser R4 sogar 110. Falco war gut im offenen Heck unseres kleinen Autos untergebracht und Willi mit dem Gepäck auf der Rückbank. In Südtirol legten wir eine kleine Pause ein. Nachdem Falco seinen Auslauf gehabt hatte, fuhren wir bis Frankreich durch. Langsam wurde es Abend. Woifal fuhr fast ohne Unterbrechung. Hin und wieder baute Willi in Woifals Auftrag einen Joint.

„Jetzt bist du aber schon lange durchgefahren. Für heute solltest du es gut sein lassen", meinte Willi schließlich. „Suchen wir uns einen Platz zum Übernachten."

Woifal pflichtete ihm bei: „Ja, für heute reicht's. Jetzt bin ich dann echt froh, wenn ich mich endlich mal ausstrecken kann!"

Es war schon spät abends, als wir kurz vor Nizza einen geeigneten Parkplatz fanden. Und wir waren nicht die Einzigen, die hier die Nacht verbrachten. Auch einige Campingbusse und Wohnwägen standen mit zugezogenen Vorhängen am Platz herum. Woifal klappte die Rücklehnen der Vordersitze so weit wie möglich zurück, sodass mit der Rückbank eine - wenn auch unebene - Liegefläche entstanden war. Mehr schlecht als recht fanden wir zu dritt darauf Platz und schliefen die wenigen Stunden bis zum Morgengrauen … - als mich plötzlich Falcos wütendes Bellen weckte. Während mir vor Müdigkeit noch einmal kurz die Augen zufielen und ich im Halbschlaf rätselte, wie Falco aus dem Auto gekommen sein könnte, riss mich das laute Bellen gleich darauf endgültig in die Wirklichkeit zurück. Irgendetwas stimmte nicht!

Ich setzte mich auf und sah hinaus - und sah, wie Falco irgendeinen Typen verbellte, der sich unserem Auto genähert haben musste. Plötzlich tauchte auch Willi draußen auf und öffnete die Autotür.

„Der Typ da ist ums Auto herumgeschlichen. Ich weiß nicht, was er vorgehabt hat. Aber ich bin ausgestiegen und hab mal vorsichtshalber euren Hund rausgelassen", berichtete er.

Verschlafen versuchte Woifal die Situation zu begreifen – doch das war nicht mehr nötig. Der Typ ging irgendetwas auf Französisch fluchend und schimpfend weg, und Falco kam mit gesträubten Nackenhaaren zu uns zurück.

„Fahren wir weg von hier!", beschloss Woifal, nachdem er sich den Schlaf aus den Augen gewischt und die Haare aus dem Gesicht gestrichen hatte. Dann stellte er die Rücklehnen der Sitze hoch und setzte sich hinters Lenkrad. Wir verließen den Parkplatz, fuhren auf die Schnellstraße Richtung Côte d'Azur und hielten unterwegs bei einem Geschäft, um etwas Proviant und eine Flasche Wein für den Abend zu kaufen. Danach ging es auf die Autobahn und weiter nach Südfrankreich. Cannes, Marseille, Nîmes … Spanien rückte immer näher! Wir waren gerade so richtig schön in Fahrt – der R4 schaffte eine konstante Geschwindigkeit von 110 km/h - als plötzlich, ohne jeglicher Vorwarnung, völlig überraschend, die Motorhaube des Renaults senkrecht nach oben ging und uns die Sicht versperrte. Mit 110 km/h sahen wir nichts, absolut nichts mehr, nur noch weiß lackiertes Blech.

„Fahr an den Rand! Schnell!", rief Willi erschrocken.

Woifal lenkte das Auto nach rechts und bremste am Pannenstreifen ab. Dann stieg er aus, drückte die Motorhaube nach unten und besah sich mit Willi die Ursache des Malheurs.

„Die Scharniere sind intakt, aber die Stifte durchgerostet", stellte Willi fest.

Auch ich war ausgestiegen und inspizierte die marode Verankerung. Was sollten wir tun? Ein Weiterfahren war unmöglich. Ohne Befestigung würde die Motorhaube in kürzester Zeit wieder durch den Fahrtwind nach oben gedrückt werden.

„Irgendwie müssen wir einen Ersatz für die Stifte finden", überlegte Willi. „Hast du irgendwelche Schrauben dabei?"

Woifal schüttelte den Kopf.

„Oder einen Spagat, eine Schnur?"

Wieder schüttelte Woifal den Kopf.

Willi dachte nach.

Dann bückte er sich, zog die Schuhbänder aus seinen Clarks, fädelte sie durch die Scharniere und band die Motorhaube damit fest. Zufrieden betrachtete er sein Werk.

„Das hält!", sagte er dann.

Wir stiegen ein und setzten unsere Fahrt fort. Woifal beschleunigte. Die Motorhaube hielt tatsächlich.

Langsam wurde es Mittag. Wir waren von der Autobahn abgefahren und fuhren auf der Bundesstraße Richtung Perpignan. Es war viel Verkehr. Es war der 14. Juli, Nationalfeiertag in Frankreich. Eine lange Kolonne von Autos war unterwegs und wir mitten darunter.

Und dann passierte es.

Der Mercedes vor uns machte eine Vollbremsung. Woifal stieg schnell auf die Bremse – und knallte mit voller Wucht auf den Mercedes. Und dann spürten wir noch einmal – zweimal – dreimal - viermal und sogar ein fünftes Mal den Aufprall der Autos hinter uns.

Einige Minuten lang – oder waren es nur Sekunden gewesen – saßen wir regungslos. Dann sahen wir uns an. War jemanden von uns etwas passiert?

„Also – mir brummt nur der Kopf ein wenig", sagte Willi dann. „Beim ersten Aufprall habe ich euren Hund mit dem Kopf aufgefangen, als es ihn nach vorne geschleudert hat. Sonst passt alles."

„Bei mir ist alles okay", sagte Woifal.

„Mir ist auch nichts passiert. Nur eine ganz winzige Abschürfung am Knie", stellte ich fest.

„Und ich habe schon geglaubt, ich bin der Schwerstverletzte!", meinte Willi mit einem Grinsen.

„So ein Glück!", sagte Woifal. „Ich bin ja mit einem Achtziger gefahren und hatte fast keine Chance mehr zum Bremsen!"

Und dann: „Schaun wir mal, was am Auto kaputt ist."

Wir stiegen aus. Die Insassen der anderen Autos waren ebenfalls ausgestiegen und standen ratlos um ihre Fahrzeuge herum. Die Frau des Mercedesfahrers rannte mit ihrem Schoßhündchen am Arm auf der Unfallstelle hin und her und jammerte laut. Ihr Mann betrachtete den Schaden am Auto und diskutierte mit dem Fahrer eines Wohnmobils, der offenbar ohne zu schauen von rechts aus einer Nebenstraße gekommen war und das ganze Unglück verursacht hatte. Der Mercedes hatte vorne eine große Delle. Kühlflüssigkeit rann aus und sammelte sich zu einer Pfütze. Unser kleiner R4 war vorne ebenfalls völlig eingedrückt. Noch dazu hatte sich die Anhängerkupplung des Mercedes in den Motorblock gerammt. Durch die Wucht der auffahrenden Autos war auch hinten alles eingedellt und der Rahmen völlig verzogen.

Das ganze Auto war regelrecht zusammenge-schoben worden und nun noch kürzer als vor-her. Irgendwie erinnerte mich der Anblick un-seres Autos an die demolierten Fahrzeuge der Slapstick-Filme nach ihren wilden Verfolgungs-jagden. Es war eindeutig das am schwersten beschädigte Auto an der Unfallstelle. Betreten schwiegen wir eine Weile.

„Naja, das Radio funktioniert noch", sagte Woifal schließlich sarkastisch, als er den Zünd-schlüssel abzog und damit das Radio zum Ver-stummen brachte.

„Die Weinflasche ist auch noch intakt", fügte Willi hinzu und dann, nicht weniger ironisch: „Und die Schuhbänder haben gehalten!"

Ratlos standen wir an der Unfallstelle, beo-bachteten das aufgeregte Hin und Her und ver-suchten zu verstehen, was gesprochen wurde. Meine Französischkenntnisse beschränkten sich auf das Ergebnis von drei Jahren Schulunter-richt, wovon ich im letzten Jahr durch Abwe-senheit geglänzt hatte. Kurz gesagt, ich verstand nicht mehr als einzelne Wörter.

„Sie haben anscheinend die Polizei gerufen", sagte ich, nachdem ich aus dem ganzen Schwall hektisch durcheinander gesprochenem Franzö-sisch das Wort „Police" herausgehört hatte.

Nach einiger Zeit kam sie auch schon mit Blaulicht und Sirene und hielt an der Unfallstelle. Zwei typisch französische Polizisten, genau solche, wie man sie aus den Lois de Funés-Filmen kannte, gingen hektisch von einem zum anderen und nahmen die Daten auf. Schließlich kam einer zu uns.

„La Carte Verte!?"

„Er hat irgendetwas von einer grünen Karte gesagt", übersetzte ich Woifal.

„Grüne Karte? Die Grüne Versicherungskarte?", wiederholte Woifal. „Die habe ich nicht. Ich habe keine mitgenommen."

Nachdem ich dem der Polizisten in gebrochenem Französisch erklärt hatte, dass wir keine „Carte Verte" hätten, schrie er entrüstet herum: „Vous n'avez pas de Carte Verte! Comment cela se peut-il! Vous avez besoin d'une Carte Verte …"

Aufgeregt kam der zweite Polizist herbei und wiederholte in etwa das, was der erste gesagt hatte. Verwundert betrachteten wir die Entrüstung der beiden.

„Was machen wir jetzt?", sagte ich zu Woifal.

„Weiß ich nicht! Ich habe eben keine Versicherungskarte! Keine Ahnung, was das Ganze jetzt überhaupt soll! Schuld ist ja sowieso der, der aus der Seitenstraße gekommen ist!"

Da kam plötzlich jemand aus der aufgeregten Menge zu uns her.

„Driving Licence", versuchte er uns klar zu machen. „Green Card is driving Licence!"

Da ging uns ein Licht auf! Deshalb also diese Aufregung! Mit der „Grünen Karte" war in Frankreich der Führerschein gemeint, nicht die Versicherungskarte! Und die Polizisten hatten gedacht, wir hätten keinen Führerschein!

Erleichtert zeigte Woifal seinen Führerschein, der bei uns rosarot war. Der Polizist schrieb unsere Personalien auf, und die Situation beruhigte sich wieder.

Nachdem wir das ganze Geschehen beobachtet und mitbekommen hatten, dass ein Abschleppauto kommen würde, um uns in die nächste Werkstatt zu bringen, fügten wir uns ergeben in den Ablauf der Dinge. Alles würde seinen Gang gehen, und die Haftpflichtversicherung des Unfallverursachers würde bestimmt unseren Schaden ersetzen. Und wie unser Urlaub weitergehen würde – naja – irgendeine Lösung würde sich schon finden.

Langsam verließen die fahrbereiten Autos die Unfallstelle. Nur wir und der Mercedesfahrer mit Frau und Schoßhündchen waren übrig geblieben. Wir fassten uns in Geduld und warteten. Endlich kamen die Abschleppautos. Unser demolierter R4 wurde verladen und in eine Renault Werkstatt gebracht, wo uns ein Mechaniker in Empfang nahm und unser Auto inspizierte. Nach einigem Hin und Her in gebrochenem Französisch verstanden wir, dass unser Auto nicht mehr repariert werden würde.

„Was machen wir?", fragte Willi.

„Wir müssen versuchen, etwas Geld für unser Auto zu bekommen. Schließlich sind einige Teile intakt, und die Reifen sind auch noch in Ordnung", überlegte Woifal.

Ich versuchte, dem Mechaniker klar zu machen, dass wir für unser Auto Geld wollten.

Nachdem wir von einem Wortschwall Französisch überschüttet worden waren, wandte sich der Mechaniker von uns ab.

„Der will uns scheinbar nichts für unser Auto geben!", schlussfolgerte Woifal. „Aber so lassen wir uns nicht abwimmeln. Wir bleiben einfach solange, bis er was zahlt!"

Willi pflichtete Woifal bei.

Wir setzten uns in der Nähe unseres Autos auf den Boden und warteten. Irgendwann würde der Mechaniker schon nachgeben.

Allmählich neigte sich der Tag dem Ende zu. Bevor der Mechaniker seine Werkstatt verließ, versuchte er uns verständlich zu machen, dass wir auf einen „fereilleur" warten müssten.

„Dann wird uns nichts Anderes übrig bleiben, als hier zu übernachten", stellte Willi schließlich fest. „Gut, dass wir die Weinflasche noch haben!"

Wir setzten uns in unseren schwer beschädigten R4. Willi öffnete den Rotwein. Nach einigen Joints und einigen Gläsern Wein gelang es uns einigermaßen, einzuschlafen.

Mit einem missbilligenden Blick auf uns öffnete der Mechaniker am nächsten Morgen seine Werkstatt. Wieder versuchte ich, mich mit meinem schlechten Schulfranzösisch verständlich zu machen und fragte, wann denn der Schrotthändler kommen würde, und wieder wurden wir mit einem Schwall Französisch abgefertigt und stehen gelassen.

„Was sagt er denn?", fragte Woifal genervt.

„Keine Ahnung."

Ich zuckte die Achseln.

„Irgendetwas von einem fereilleur. Scheinbar kommt irgendwann der Schrotthändler. Warten wir halt noch!"

Missmutig standen wir neben unserem Auto. Schön langsam wurde das Warten anstrengend. Wann würde dieser verdammte Schrotthändler kommen?

Nach einiger Zeit erschien ein Bekannter des Mechanikers. Die beiden Männer schienen sich über uns und unser Auto zu unterhalten. Ich beschloss, noch einmal nachzufragen, was nun mit unserem Auto geschehen würde.

Zu meiner Überraschung antwortete der Bekannte auf Deutsch: „Ein Schrotthändler wird euer Auto abholen. Doch in Frankreich muss man für den Schrotthändler bezahlen."

Erschrocken berichtete ich Woifal und Willi, was der Bekannte des Mechanikers gesagt hatte.

„Was?!", wiederholte Woifal ungläubig. „Jetzt haben wir solange gewartet, und statt dass wir wenigstens ein bisschen Geld bekommen, müssen wir auch noch was zahlen?!"

„Schauen wir lieber, dass wir von hier wegkommen!", schlug Willi vor.

„Dann müssen wir aber zuerst das Auto ausräumen. Und die Nummerntafeln müssen wir auch mitnehmen!"

Woifal öffnete die Heckklappe. Alles, was wir vor der Abreise achtlos eingeladen hatten, musste nun irgendwie in unseren Taschen verstaut werden. Wir versuchten, soviel wie möglich in unseren Rucksäcken und den Rest in der Reisetasche unterzubringen. Eine Decke, die wir für die Übernachtung am Strand vorsichtshalber auch dabei hatten – Willi besaß ja nur, was er am Leib trug - kam zusammengerollt obenauf.

„Und jetzt nichts wie weg! Bevor der fereilleur kommt!"

Woifal nahm Falco an die Leine und ging voraus. Willi schleppte die Reistasche und ging hinterher.

„Irgendwie habe ich das Gefühl, sie haben nur darauf gewartet, dass wir endlich weg sind. Bestimmt behalten sie das Auto!", sagte Willi.

Wir gaben ihm recht. Die Tatsache, dass wir einfach mit unseren Sachen weggingen und das Auto stehen ließen, wurde vom Mechaniker ohne Einwände - und unserer Meinung nach auch wohlwollend - zur Kenntnis genommen.

Missmutig folgten wir der Straße stadteinwärts.

„Was machen wir jetzt?", fragte ich ratlos.

„Da vorne ist ein Park. Setzen wir uns dort mal hin und rauchen wir einen. Dann sehen wir schon weiter", schlug Woifal vor.

Wir setzten uns auf eine Bank und befreiten uns erst einmal von unserem vielen Gepäck. Dann baute Woifal einen Joint. Schweigend reichten wir ihn von einem zum anderen und hingen unseren Gedanken nach. Langsam wich der Missmut einem Gefühl der Resignation.

Nach längerer Zeit brach Willi das Schweigen und sagte: „Das war's dann wohl mit Spanien."

Woifal nickte.

„Sieht so aus. Ohne Auto hat sich die Sache erledigt."

„Aber wir sind doch gar nicht mehr weit weg von der spanischen Grenze!", warf ich erschrocken ein. „Bleiben wir doch wenigstens ein paar Tage in Cadaques! Nur ein paar Tage!"

„Wie kommen wir denn hin?", gab Woifal zu bedenken.

„Mit dem Zug!"

Nachdenklich runzelte Woifal die Stirn.

„Wir müssen aber genug Geld für die Rückfahrt beiseitelegen. Für uns und für Falco!"

„Claudia hat recht. Bis Spanien ist es ja nicht mehr weit. Ein paar Tage gehen sich schon aus. Und ich stopp dann einfach zurück!", sagte Willi und klang dabei sogar schon ein bisschen optimistisch.

Woifal nickte zögernd.

„Na gut. Darauf rauchen wir aber noch einen!"

So war unser Entschluss, den Urlaub trotz unseres Pechs mit dem Auto nicht abzubrechen, besiegelt. Der Gedanke daran stimmte uns wieder einigermaßen froh.

„Wisst ihr eigentlich eh, dass dort drüben irgendein Verwaltungsgebäude der Polizei ist? Und dass dieser kleine Park zu diesem Gebäude gehört? Ich hab die ganze Zeit schon Polizisten ein- und ausgehen sehen. Während wir den Joint geraucht haben, hat einer von ihnen dauernd zu uns hergesehen!", sagte Willi plötzlich.

Wir blickten in die Richtung, in die Willi mit seinem Kopf gedeutet hatte. Das Haus an der Längsseite des kleinen Parks war zweifellos ein Amtsgebäude. An der Eingangstür stand ein Polizist. Er schien auf uns aufmerksam geworden zu sein und beobachtete uns. Woifal drehte sich eine Zigarette. Der Polizist verließ den Eingangsbereich. Er ging Richtung Park und steuerte auf uns zu.

„Er kommt zu uns", flüsterte Willi.

Unbeteiligt rauchte Woifal seine Zigarette und sah in die andere Richtung. Ich tat so, als würde ich mein Gesicht in die Sonne halten und von meiner Umgebung nicht viel mitbekommen. Nur Willi sah ihn an. Freundlich interessiert blickte er dem Polizisten ins Gesicht, der sich nun pflichtbewusst vor uns aufpflanzte. Der Polizist sagte etwas auf Französisch, bemüht, Willis freundlichen Gesichtsausdruck mit angemessener Höflichkeit zu erwidern.

„Na du kleiner Scheißer", gab Willi mit nettem Lächeln zur Antwort. „Was willst du den von uns?"

Woifal verzog seine Mundwinkel zu einem Grinsen. Mir blieb kurz die Luft weg, dann musste auch ich mir ein Lachen verkneifen. Wieder versuchte der Polizist, auf Willis Freundlichkeit einigermaßen nett zu reagieren und erklärte geduldig ein zweites Mal, was er von uns wollte.

Und mit zuckersüßer Stimme legte Willi los: „Verputz dich von uns, du Wichser. Auf so einen Scheißer wie dich sind wir nicht neugierig. Hau ab du stinkendes Arschloch."

Woifal und ich konnten unser Lachen kaum mehr unterdrücken.

Der Ton des Polizisten wurde ein wenig bestimmter, der Gesichtsausdruck reservierter. Als Willi aber zum dritten Mal dem Polizisten die obszönsten Schimpfwörter ins Gesicht sagte, die ihm einfielen und wir daraufhin nur noch mehr kicherten, verfinsterte sich die Miene des Polizisten. Offensichtlich hatte er nun realisiert, dass wir ihn verarschten. Unmissverständlich wies er uns aus dem Park und wirkte gar nicht mehr freundlich. Wir standen auf und gingen.

Unser Weg führte uns Richtung Zentrum und weiter zum Bahnhof. Die Rucksäcke drückten auf unsere Schultern, Falco zog an der Leine und wollte immer woanders hin als wir, Willi schleppte schwer an der übervollen Tasche. Nach einer Dreiviertelstunde hatten wir den Bahnhof erreicht und sogar etwas Glück: Noch am Vormittag ging ein Zug nach Port Bou.

Als wir in Port Bou ausstiegen, empfing uns wieder der vertraute Geruch nach Meer und Eisenbahnschwellen. Der heiße Wind blies durch die große Bahnhofshalle hoch über der Küste. Ich fühlte mich froh. Ließ mir vom Wind die Haare aus dem Gesicht streichen und atmete tief durch. Nun waren wir doch in Spanien angekommen, aller Schwierigkeiten zum Trotz! Wir gingen zum Zoll, passierten die Passkontrolle und bahnten uns den Weg durch den Schalterbereich, der wieder mit Rucksacktouristen belegt war.

„Cadaques liegt nicht an der Bahnstrecke. Wir müssen zuerst nach Figueres und von dort mit dem Bus weiter", sagte Woifal, nachdem er sich durchgefragt und einige Auskünfte eingeholt hatte.

Da Figueres ein wichtiger Eisenbahnknotenpunkt war, mussten wir nicht lange warten. Bald schon hatten wir einen Zug und waren kurz nach Mittag dort. Brütende Hitze lastete schwer auf dem kleinen Ort im Landesinneren. Wir verließen den Bahnhof und sahen uns nach den Bussen um.

„Dort drüben müssen die Busse abfahren! Schaun wir, dass wir so schnell wie möglich von hier wegkommen!"

Woifal zog Falco hinter sich her und überquerte die Straße.

„Hoffentlich geht bald ein Bus nach Cadaques", sagte Willi, während er die Abfahrtszeiten durchstudierte.

Und dann: „Scheiße. Erst um 5 Uhr nachmittags!"

Ungläubig lasen wir alle noch einmal. Vielleicht hatte Willi etwas übersehen. Doch dem war nicht so. Mit Entsetzen stellten wir fest, dass Willi richtig gelesen hatte.

„Das darf nicht wahr sein!", stöhnte ich. „Heißt das, wir müssen jetzt den halben Tag hier warten!?"

„Wird uns nichts anderes übrig bleiben. Zum herumgehen ist es sowieso viel zu heiß!", sagte Woifal verdrossen und setzte sich auf eine Bank im überdachten Wartebereich.

Wir folgten seinem Beispiel. Das einzig Gute war, dass der Wartebereich ein großes, von einem Holzdach überschattetes Viereck darstellte und vor der sengenden Sonne schützte. Vor der Hitze schützte er nicht. Die stehende Hitze schien auch zu bewirken, dass die Zeit still stand. Fast unmerklich quälte sie sich dahin. Nach einer Ewigkeit war nicht einmal die Hälfte vergangen. Und es gab nichts, was von diesem zermürbenden Warten ablenkte. Die Straßen lagen wie ausgestorben.

Nach dem langen, trägen Warten löste das plötzliche Auftauchen des Busses, als er um die Ecke gefahren kam, fast so etwas wie Überraschung in uns aus. Und dann Erleichterung. Endlich! Wir standen auf und wollten einsteigen – da gab uns der Busfahrer entschieden zu verstehen, dass wir mit dem Hund nicht mitfahren dürften.

Verständnislos fragten wir noch einmal nach, beteuerten, dass wir für den Hund ein Ticket kaufen würden – vergeblich. In Spanien wären in Bussen keine Tiere erlaubt, bekräftigte der Busfahrer noch einmal unmissverständlich gestikulierend, schloss die Tür vor unseren Nasen und fuhr ab.

„Das gibt's doch nicht! Was machen wir jetzt!?", fragte Willi.

„So eine Scheiße!", schimpfte Woifal. „Jetzt haben wir solange gewartet und dann auch noch umsonst!"

Nachdem Woifal den ersten Schock verdaut hatte, sagte er: „Zug fährt keiner. Autostoppen können wir mit Hund auch vergessen. Also bleibt nur ein Taxi. Fragen wir mal, was es kostet!"

Wir gingen zurück zum Bahnhof, vor dem ein einsames Taxi auf Kundschaft wartete. Der Taxifahrer sah kein Problem darin, uns mit Hund mitzunehmen. Für ihn war die vierzig Kilometer lange Fahrt ein lukratives Geschäft. So kamen wir schließlich und endlich doch noch in Cadaques an, einem wunderschönen Fischerdorf mit weißen Häusern in einer kleinen Bucht.

Nachdem wir am Ortsanfang ausgestiegen waren, gingen wir die engen Gassen hinab zum Meer. Bunte Fischerboote dümpelten vor sich hin. Die rote Abendsonne tauchte die Uferfelsen in warmes Licht und spiegelte sich auf der glatten Wasseroberfläche wider. Leise klatschten kleine Wellen an den Strand.

„Schön ist es hier!",sagte ich zufrieden.

„Ja, hier kann man's aushalten!", bestätigte Woifal. „Bevor wir uns aber einen Platz suchen, wo wir es uns gemütlich machen, müssen wir ein Versteck für die Reisetasche finden. Ich möchte sie nicht dauernd herumschleppen!"

„Gehen wir mal um die Bucht herum und am Meer entlang", schlug Willi vor. „Außerhalb gibt es bestimmt ein Versteck!"

Wir folgten der Straße und ließen den Ort hinter uns. Karge Hügel, die spärlich von Macchia bewachsen waren, prägten die Landschaft.

„Wenn wir die Tasche hier irgendwo unter einem Gebüsch verstecken, kann sie bestimmt niemand entdecken!", sagte Willi.

Wir hielten Ausschau nach einem markanten Platz, um die Tasche vor unserer Abreise auch bestimmt wiederzufinden.

„Auf dem Hügel dort drüben ist ein großer Strauch! Der ist genau richtig!"

Willi ging voraus und schob die Tasche darunter."

„Perfekt!", sagte Woifal. „Nichts zu sehen!"

Zufrieden gingen wir weiter. Einige Kilometer außerhalb von Cadaques fanden wir eine kleine, abgelegene Bucht.

„Hier bleiben wir, solange unser Geld reicht!"

Woifal nahm seinen Rucksack vom Rücken und setzte sich auf den Boden. Die Sonne war untergegangen. Geheimnisvoll schimmerte das Meer in der Dunkelheit. Nur die Lichter von Cadaques waren in der Ferne zu sehen und

schillerten verschwommen auf der Wasseroberfläche.

In dieser kleinen Bucht verbrachten wir einige Tage. Jeden Morgen gingen wir in den Ort
hinein, wo wir in einem Café am Hafen Café
con Leche tranken und frühstückten. In diesem
Café trafen sich so gut wie alle Rucksacktouristen, die in Cadaques Urlaub machten. Auch die
Wirsings kamen jeden Tag hierher frühstücken.
Meist waren sie schon vor uns fertig und bereits am Gehen, wenn wir eintrafen. Wir gingen
dann jedes Mal aneinander vorbei, als würden
wir uns nicht kennen und grüßten uns auch
nicht.

Eines Abends, als wir in unserer Bucht saßen, Wein tranken und hin und wieder einen
Joint rauchten, sahen wir plötzlich in der Ferne
Rauch aufsteigen. Er kam von den Hügeln hinter dem Ort und wurde immer dichter.
    „Dort brennt es!", bemerkte Willi schließlich.
„Dort hinten ist ein Waldbrand!"
    Und kurz darauf: „ Das Feuer kommt bis
zum Ort herunter!"
    Im Ort wurde es hektisch. Sirenen waren zu
hören, Durchsagen ertönten. Das Feuer verbreite-
tete sich schnell. Bald hatte es den Ort umzin-

gelt. Und es breitete sich immer weiter aus, auch über die angrenzenden Hügel.

„Lange dauert es nicht mehr, bis das Feuer unsere Tasche erreicht hat!", sagte Woifal und stand auf, um das Ausmaß des Brandes besser sehen zu können.

Wir bekamen mit, wie alle im Ort aufgerufen wurden, bei der Brandbekämpfung zu helfen. Der Kampf gegen das Feuer dauerte mehrere Stunden. Kurz bevor es den Strauch mit unserer Tasche erreicht hatte, gelang es den Einsatzkräften, es endlich doch zu löschen.

„Da habt ihr aber Glück gehabt!", sagte Willi grinsend.

So zogen wir am Tag der Rückreise unsere Tasche wieder unversehrt unter dem Strauch hervor. Willi hatte sich seine Haare im Meer mit Seife gewaschen und nicht bedacht, dass Seife und Salzwasser keine gute Kombination wären. Nun standen sie steif vom Kopf. Eigentlich hätte er einigermaßen gepflegt aussehen wollen, um beim Autostoppen mehr oder weniger problemlos mitgenommen zu werden. Doch das Gegenteil war der Fall. Wir mussten jedes Mal grinsen, wenn wir ihn ansahen. Nachdem wir uns von Willi verabschiedet hatten, gingen wir ins Café. Woifal wollte jemanden bitten, uns zum Bahnhof nach Figueres zu fahren. Ein Deutscher, mit dem Woifal sich des Öfteren unterhalten hatte, war gerade dort.

„So ein Glück!", sagte Woifal. „Ich frage ihn gleich!"

Woifal ging zu ihm, erklärte unsere Probleme mit Falco und fragte, ob er uns nach Figueres fahren könnte.

Missmutig schüttelte der Deutsche den Kopf.

„Ich habe das ganze Auto voll mit Sachen. Die müsste ich erst herausräumen, damit ihr Platz habt."

Und noch einmal schüttelte er bekräftigend den Kopf, als er sagte: „Nee. Geht nicht."

Enttäuscht verließen wir das Café und gingen zum Taxistandplatz ans Ortsende.

„So ein Arsch!", sagte Woifal beim Weggehen. „Es hat ihn einfach nicht gefreut, uns nach Figueres zu fahren. Als ob was dabei gewesen wäre …"

So blieb uns nichts Anderes übrig, als wieder ein Taxi zu nehmen und zu hoffen, dass das restliche Geld für die Bahntickets reichen würde. Am Weg nach Figueres hielten wir Ausschau nach Willi. Wir sahen ihn aber nirgends. Wahrscheinlich war er schon Richtung Port Bou unterwegs.

Drei Stunden nachdem wir in Figueres angekommen waren, hatten wir einen Zug nach Port
Bou und noch am selben Abend einen Nacht-
zug nach Ventimiglia. Während in Spanien
Hunde kostenlos mit der Bahn fahren konnten,
mussten wir durch Frankreich für Falco ein
Halbpreisticket kaufen. Bahnfahren war in
Frankreich ohnehin schon teuer genug. Zwei
Vollpreis- und ein Halbpreisticket für diese
lange Strecke kosteten ein Vermögen. Unser
Trost war, dass wir Dank Falco die ganze Fahrt
ein Abteil für uns alleine hatten und die Zöllner
an der französisch-italienischen Grenze nur
kurz die Tür öffneten und gleich wieder weg
waren.

Von Ventimiglia ging es nach Milano, wo wir
umstiegen und bis Innsbruck fuhren. Auch hier
blieben wir vom hochsommerlichen Platzman-
gel verschont und reisten ganz alleine im eigenen Abteil. So kamen wir relativ bequem nach
Hause. Willi kam erst über eine Woche später.

„Das war eine Fahrt!", erzählte er. „Oft hat
mich stundenlang niemand mitgenommen! Ich
bin dann gleich immer möglichst lange Stre-
cken mitgefahren, um nicht dauernd warten zu
müssen! Dabei bin ich bis an die französische
Atlantikküste gekommen. Dort ist ein richtig
tolles Meer! Mit riesigen Wellen! Danach bin

ich weiter über die Schweiz gefahren. In der Schweiz ist es fast unmöglich, autozustoppen. Niemand bleibt stehen! So bin ich gegangen. Zu Fuß. Tagelang. Bis sich die Sohlen von meinen Füßen gelöst haben!"

Willi hatte auch fast kein Geld mehr für Proviant gehabt und nur noch das Notwendigste gegessen. Er brauchte Tage, bis er sich von den Strapazen der Reise wieder erholt hatte. Während wir Freunde besuchten und baden gingen, blieb er zu Hause und ruhte sich aus.

Als wir eines Tages nach Hause kamen, war irgendetwas anders. Willi war nicht da. Normalerweise ging er nicht weg, da er keinen Schlüssel hatte und die Eingangstür nicht abschließen konnte. Schlimmes ahnend gingen wir durch die Wohnung. Der meist übervolle Aschenbecher stand auch nicht am Tisch. Irgendetwas stimmte nicht. Woifal ging gleich zu seinem Dopeversteck. Die Dose mit dem Dope war weg. Stattdessen steckte an derselben Stelle ein winzig klein zusammengefalteter Zettel. Woifal öffnete den Zettel und las: „Habe Alimentationsschulden und muss sie absitzen. Melde dich bei mir, bin in der Schanzlgasse. Schau auf den Dachboden. Willi."

Irritiert sah mich Woifal an.

„Was heißt das jetzt – dass die Polizei hier war?"

Der Botschaft auf dem Zettel folgend ging Woifal die Stufen zum Dachboden hinauf. Und kam kurz darauf mit der Dose zurück.

„Die Dose war ganz oben am Treppenabsatz. Komisch. Ich glaube die Polizei war hier und hat Willi mitgenommen. Am besten wir schauen morgen mal in die Schanzlgasse."

Willi im Gefängnis zu besuchen war gar nicht so einfach. Wir mussten uns beim Direktor melden, der nachsah, ob Willi einen Besuchsantrag gestellt hatte und wenn ja, für welche Personen. Nach diesen Formalitäten mussten wir auf den Besuchstag warten. Der war erst am Mittwoch. Nur einmal in der Woche durfte Besuch empfangen werden!

So kamen wir am Mittwoch wieder. Wie im Film wurden einige Gittertüren auf- und hinter uns wieder zugesperrt, bis wir im Besucherzimmer waren. Ein breites Pult ging durch den Raum und trennte Häftlinge von Besuchern. Am Ende des Pultes stand ein Wachebeamter und beaufsichtigte alles.

Kurz nachdem wir gekommen waren, wurde Willi hereingeführt. Er stellte sich hinter das Pult und stand in einem großen Abstand zu uns. Der graue Häftlingsanzug ließ ihn blass aussehen und irgendwie dünner. Er begrüßte uns mit einem verlegenen Grinsen.

„Scheiße. Jetzt muss ich zwei Wochen bleiben. Habe meine Alimente nicht bezahlt. Habt ihr einen Schreck gekriegt, wie ihr nach Hause gekommen seid?"

„Wir haben uns zuerst nicht ausgekannt. Dann aber an der richtigen Stelle nachgeschaut", sagte Woifal mit einer Anspielung auf das Dopeversteck.

„Das habe ich mir gedacht, dass du dort zuerst nachschaust! Deshalb hab ich auch dort die Nachricht hingegeben. Ich war ja ganz schön überrascht, als es geläutet hat und ich die Kieberer draußen gesehen habe. Ich habe auf der Stelle mitgehen müssen. Während sie gewartet haben, hab ich schnell die Dose aus der Wohnung gebracht und den Aschenbecher ins Klo geleert. Ich habe mir gedacht, dass sie vielleicht nochmal in die Wohnung schauen, zusperren hab ich ja nicht können!"

Woifal nickte.

„Ja. Hat schon gepasst so. Und wie geht's dir hier?"

„Geht schon. Bin mit einem Zigeuner in der Zelle, der wegen einer Watschn zehn Tage sitzen muss. Wir spielen halt Karten den ganzen Tag. Und eine Woche ist eh fast um."

Nachdem Willi seine Strafe abgesessen hatte, kam er wieder zu uns zurück. Woifal hatte aber langsam das Gefühl, dass Willis Probleme irgendwie auf uns abfärbten.

„Ich glaube, seit Willi da ist, haben wir dauernd Pech", sagte Woifal eines Tages zu mir. „Der Autounfall im Urlaub, der Mietvertrag, der nicht mehr verlängert wird, das Arbeitsamt, das auch dauernd Stress macht … Nichts haut hin momentan …"

„Ja. Stimmt irgendwie", pflichtete ich nach einigem Nachdenken bei.

„Ich werde ihm sagen, dass er sich was Anderes suchen soll, wo er bleiben kann. Ewig kann er ja wirklich nicht bei uns wohnen!"

Als Willi abends von einem Spaziergang zurückkam, teilte ihm Woifal mit, dass es langsam an der Zeit für ihn wäre, sich eine andere Unterkunft zu suchen.

„Ja", sagte Willi, „ich habe eh schon darauf gewartet, dass du mir das sagst. Ich werde mal für die nächste Zeit nach Bad Ischl gehen und bei meiner Mutter bleiben."

Am nächsten Tag verließ uns Willi. Irgendwie tat er mir leid, und ich hoffte, dass er nicht

wie sein Bruder obdachlos auf der Straße lan-
den würde.

Als Willi weg war, gingen wir mit Falco viel in den Aigner Park, saßen an den Bächen und Wasserfällen, rauchten einige Joints und spürten anstatt des angenehmen Gefühls „stoned" zu sein immer wieder und immer öfter ein Gefühl der Leere in uns.

„Eigentlich will ich wieder arbeiten", dachte Woifal einmal laut, als wir schweigend auf der Steinbank neben der Schleusenbrücke saßen. „Es passt mir nicht mehr, nichts zu tun …!"

Woifals Worte waren für mich wie ein Schlag in die Magengrube. Ich hatte panische Angst vor dem Alleinsein. Ich konnte mir nicht vorstellen, den ganzen Tag nur mit mir selbst zu verbringen, den ganzen Tag auf Woifal warten zu müssen. Und irgendwie war es doch so wunderbar, unser Leben, wie wir es lebten.

„Ach, was fehlt uns denn", gab ich schnell zur Antwort. „Mit dem Geld kommen wir doch aus."

„Ja, aber ich möchte irgendetwas TUN."

Ich sagte nichts darauf, hoffte aber insgeheim, dass Woifal so schnell keine Arbeit finden und letztendlich diesen Gedanken wieder verwerfen würde.

Woifal dämpfte den Jointstummel an der Steinbank aus und warf ihn ins Gebüsch.

„Schaun wir mal beim George vorbei!", sagte er dann und stand auf.

Damit war das Thema vorerst beendet.

Der Besuch bei George holte uns wieder zurück in die angenehme Zeitlosigkeit einer verschworenen Kiffer-Gemeinschaft. Nach dem dritten Joint Haschischöl rauschte es nur noch um uns, Gespräche, Musik und Stille vermischten sich zu einem wohltuenden Einerlei. Georges langen Monologen konnten wir sowieso nicht mehr folgen. Wenn irgendwelche seiner Wortfetzen in unserem Bewusstsein hängen blieben, lösten sie lediglich ein Gefühl von „Danebenstehen" in uns aus, das von Zeit zu Zeit in haltlosem Lachen endete.

Da mischte sich plötzlich das Schrillen der Türglocke in Georges Monologe. Michi war gekommen. Mit Georges Hang zur Unmäßigkeit ging gleich darauf ein vierter Joint durch die Runde, ein besonders starker. Michi musste ja das aufholen, was wir schon voraus hatten. George redete weiter. In unserem Zustand verloren wir immer wieder den Faden.

„Was meinst, soll'n wir nicht selber mal nach Marokko fahren …, hätte dort eine Connection."

Michis Worte blieben hängen.

Lange wurde über Michis Vorschlag diskutiert. Eine Connection in Marokko – das bedeutete Haschischöl für George und letztendlich einen vielversprechenden Gewinn für beide. Der Entschluss war gefasst. Zehn Tage würden sie weg sein. Und danach mit zwei Kilogramm Haschischöl zurückkommen.

Wir warteten gespannt die zehn Tage ab. Ich wunderte mich, dass Astrid, die sonst so vernünftig war, keine Einwände gehabt hatte, was ich mir dann aber damit erklärte, dass Michi ihr bester Freund war und sie ihm vertrauten. Und Michi hatte schon öfter Dope aus Marokko mitgenommen und kannte sich aus. Der einzige Unterschied war nur die Menge.

Als der zwölfte Tag vergangen war und wir immer noch nichts von Michi oder George gehört hatten, hielt Woifal es vor Ungeduld kaum mehr aus.

„Sie sind bestimmt schon zurück. Schaun wir mal hin!", schlug er vor.

Abends nach dem Essen machten wir uns auf den Weg. Nachdem wir durch einige kleine

Seitenstraßen spaziert waren, hatten wir das Haus, in dem George wohnte, erreicht. Woifal läutete. Nach einem kurzen Summen des Türöffners gingen wir die Treppen hinauf. Astrid stand an der geöffneten Wohnungstür. Als wir ihren Gesichtsausdruck sahen, wussten wir gleich, dass irgendetwas schief gegangen sein musste.

„Michi ist alleine zurückgekommen", erzählte sie, nachdem sie uns hereingebeten hatte. „Georg ist an der spanischen Grenze erwischt worden. Er sitzt in Algeciras."

In Algeciras! Ein Gefängnis in Südspanien! Die Vorstellung war erschreckend.

„Was ist passiert?", fragte Woifal.

„Georg und Michi sind mit der Fähre von Ceuta nach Algeciras gefahren. Michi hat nach der Grenze mit dem Auto auf ihn gewartet. Georg ist nicht mehr gekommen. Daraufhin ist Michi Tag und Nacht durchgefahren, bis er zu Hause war. Er ist sofort zu mir gekommen und hat mir Bescheid gesagt."

Wir schluckten. Das war so schlimm, dass uns die Worte fehlten.

Wir blieben die ganze Nacht bei Astrid, sprachen über den schrecklichen Vorfall und schliefen keine Minute. Erst als der Morgen anbrach, machten wir uns auf den Heimweg. Übernächtigt und dumpf im Kopf produzierten unsere Gedanken schreckliche Bilder von überfüllten Zellen, vierzig Grad Hitze und schmutzigem Trinkwasser. Von brutalen Wärtern, aggressiven Mithäftlingen und keiner Aussicht, freizukommen.

Wir besuchten Astrid alle paar Tage und hofften, irgendetwas von George zu erfahren. Doch es gab keine Nachricht. Die Wochen vergingen. War Astrid zu Beginn noch verzweifelt gewesen, so wurde sie nun kämpferisch und fest entschlossen, George irgendwie rauszuholen.

Als wir sie wieder einmal besuchten, hatte sie endlich einen Brief von George bekommen. Der Brief klang deprimiert. Astrid schickte ihm ein Päckchen mit persönlichen Gegenständen, darunter eine Feder, die sie mit ihrem Parfüm eingesprüht hatte. Er solle nicht verzweifeln, schrieb sie ihm. Sie würde ihn rausholen.

George verbrachte zwei Monate lang im Gefängnis von Algeciras. Astrid und ihrer Mutter war es gelungen, ihn unter Bezahlung einer hohen Kaution „freizukaufen".

Als wir ihn nach seiner Rückkehr besuchten, erzählte er uns, wie das Ganze passiert war:

Er hatte (in seiner prahlerischen Art) darauf bestanden, selber das Haschischöl über die Grenze zu bringen. Nichts ahnend, dass er sich genau damit verdächtig machen würde, hatte er einen Anzug angezogen und war dadurch den Zöllnern natürlich sofort aufgefallen. Während sie die Rucksacktouristen ohne Probleme passieren ließen, hatten sie ihn wegen seines ungewöhnlichen Outfits herausgegriffen. Nach einem prüfenden Blick ins Gesicht hatte einer der Zöllner die Hand auf Georges Herz gelegt. Damit war alles klar gewesen. In kürzester Zeit hatten die Zöllner das Haschischöl im doppelten Boden der Tasche gefunden. Man hatte George sofort ins Gefängnis von Algeciras überstellt und in einer Großraumzelle untergebracht. Dort hatte es einen „Capo" gegeben, der das Kommando gehabt hatte. (Beim Erzählen demonstrierte uns George die Art und Weise, wie er den Capo um alles fragen musste und brachte ungewollt einen witzigen Aspekt in die Erzählung). Angeblich waren den Gefangenen unter das Essen Brompräparate gemischt worden, um das Aggressionspotential gering zu halten.

„Es war schlimm dort im Gefängnis. Ungenießbares Essen, verdreckte Toiletten. Duschen einmal in der Woche. Ich habe nicht einmal eine

Zahnbürste gehabt. Wenn ich länger geblieben wäre, wären mir bestimmt die Zähne ausgefallen. Zum Glück hat mir Astrids Mutter geholfen. Nur - jetzt habe ich riesengroße Schulden bei ihr. Wie ich die jemals bezahlen soll, weiß ich nicht", schloss George seine Erzählung.

George erwartete sich von Michi, dass dieser die Hälfte der Schulden übernehmen würde.

Michi überlegte, einen Bankraub zu machen und verwarf diese Idee wieder. Er überlegte, Georges Halbbruder in Frankreich aufzusuchen, um über diesen ins Heroingeschäft einzusteigen und mit dem Gewinn daraus die Schulden abzutragen. Auch diesen Gedanken verwarf er wieder. Dann gab es einige halbherzige Versuche von Michi, Teile seiner Musikanlage zu verkaufen, um George hin und wieder ein bisschen Geld zu geben. Angesichts der hohen Schulden war das für George aber nichts Anderes als ein schlechter Scherz. Letztendlich brach der Kontakt zwischen George und Michi ab. George und Astrid wollten nichts mehr mit ihm zu tun haben.

Michi zog sich auch von uns zurück. Es wirkte so, als wollte er ein bisschen untertauchen, abwarten, bis die Geschichte langsam in Vergessenheit geraten würde. Und George und

Astrid hatten kaum ein anderes Thema, wenn wir sie besuchten. Ihr Hass auf Michi war ständig präsent.

So ließen wir ein bisschen Abstand, waren mehr mit Schlappi und Bauti beisammen und erfuhren von einer neuen Connection.

Ein ziemlich verrückter Typ namens Manfred finanzierte sich mit regelmäßigen Fahrten nach Amsterdam seinen Lebensunterhalt. Und da Manfred auch nicht weit von uns wohnte, besuchten wir ihn ständig, hatten Unterhaltung (womit Woifals Idee, sich eine Arbeit zu suchen endgültig in Vergessenheit geriet) und immer zu rauchen. Letzteres war auch das einzige, was ich an Manfred sympathisch fand.

Bald jedoch sollten wir in eine seiner Schmuggelfahrten verwickelt werden. Und das kam so: Da Manfred immer mit der Bahn nach Amsterdam fuhr, die Kosten dafür aber den Gewinn schmälerten, kam er eines Tages auf die Idee, gemeinsam mit uns und unserem R4 zu fahren.

Woifal war natürlich sofort dabei. Ich aber hatte mir seit unserer letzten Aktion geschworen, nie wieder Dope zu schmuggeln.

„Du weißt doch, dass wir uns ausgemacht haben, so ein Risiko nicht mehr einzugehen!", sagte ich vorwurfsvoll zu Woifal. „Und jetzt willst du dich mit diesem Chaoten darauf einlassen?"

„Wir brauchen ja selber nichts mitzunehmen. Aber endlich wieder mal Amsterdam …"

„Und Manfred? Wie bringt er das Zeug dann runter?"

„Das soll er sich selber überlegen. Im Auto jedenfalls nicht!"

Nach und nach räumte Woifal meine Bedenken beiseite. Und als er Manfred klar gemacht hatte, dass wir im Auto kein Dope mehr mitnehmen würden, willigte ich ein.

„Ich habe sowieso vorgehabt, das Dope im Zug zu verstecken. Wir fahren gemeinsam rauf, und zurück fahre ich allein mit der Bahn!", sagte er.

Damit war alles besprochen. Einige Tage später holten wir Manfred ab und fuhren los.

In Amsterdam angekommen, überlegten wir, wo wir möglichst kostengünstig übernachten könnten. Woifal fiel ein, einmal ein paar Nächte in einem Hotelschiff an der Werft verbracht zu haben. Die Zimmer wären klein, aber relativ günstig gewesen. Wir stellten unser Auto in einem Parkhaus ab und machten uns auf den Weg dorthin.

Schon von weitem sahen wir das große, weiße Schiff am Kai. Wir nahmen ein Dreibettzimmer der untersten Preiskategorie. Es war so klein, dass die drei Betten gerade hineinpassten, hatte aber zum Glück ein Bullauge mit Blick aufs Meer.

Nachdem wir eingecheckt hatten, trennten sich unsere Wege. Manfred suchte seinen Coffeeshop auf, und wir gingen ins „Bulldog".

Zurück am Schiff besprachen wir die Rückreise. Wir würden Manfred am Nachmittag zum Bahnhof begleiten. Er würde vor der Abfahrt des Zuges die Wandverkleidung im Waschraum aufschrauben und das Haschisch dahinter verstecken. So hätte er das Haschisch schon einmal über die Grenze gebracht. Beim letzten Mal hätte er es in die Rückwand eines Bildes gegeben. Doch im Zug wäre es sicherer.

Während er uns den ganzen Abend lang mit Anekdoten seiner Aktionen versorgte, machte mich das leichte Schaukeln des Schiffes ein wenig seekrank. Zum Glück bewirkten die vielen Joints, dass wir irgendwann, mitten unter Manfreds Erzählungen, vollkommen stoned hinüberdämmerten und tief und fest bis zum nächsten Morgen schliefen.

Wie besprochen, fuhren wir Manfred am Nachmittag zum Bahnhof. Er hatte einen knallgelben Overall an. Wichtigtuerisch ging er mit seiner Umhängetasche den Bahnsteig entlang.

Er wirkte in seiner Aufmachung wie ein Gleisarbeiter, war aber meiner Meinung nach viel zu auffällig. Seine Anspannung war nicht zu übersehen Irgendwie kam leichte Schadenfreude in mir hoch, und ich gönnte ihm den Stress.

Der Zug war noch nicht am Bahnsteig. Offensichtlich hatte er Verspätung. Es war überhaupt auffallend wenig los. Außer uns waren kaum Reisende zu sehen. Verwundert warteten wir. Die Abfahrtszeit war längst überschritten.

„Sollen wir mal fragen, wann der Zug kommt?", meinte Woifal schließlich, genervt vom langen Herumstehen.

Suchend sah er sich um und entdeckte einen Bahnhofsmitarbeiter.

Die Antwort war ernüchternd.

Der Zug würde nicht fahren. Es würde gar kein Zug fahren. Drei Tage lang gäbe es einen Streik. Heute hätte er begonnen.

„Das kann doch nicht wahr sein!", sagte Woifal völlig perplex. „Keine Bahnverbindung! Nirgendwohin? Drei Tage lang?!"

Es würden nur einige wenige Züge innerhalb der Niederlande fahren, sagte der Bahnhofsmitarbeiter.

„Und nach Deutschland oder Österreich?"

Fernzüge gäbe es keine. Nur von Luxemburg würde ein Regionalzug an den deutschen Grenzort fahren.

Niedergeschmettert verließen wir den Bahnhof und fuhren ins Hotelschiff zurück, wo wir für eine weitere Nacht eincheckten.

Der Plan, dass Manfred das Dope in den Zug einschrauben und mit dem Zug zurückfahren würde, war hinfällig. Ihn einfach hierzulassen und ohne ihn nach Hause zu fahren, war auch nicht möglich, ihn aber mitsamt den zwei großen Platten Haschisch über die Grenze mitzunehmen, unvorstellbar!

Auf diesen Schrecken hinauf brauchten wir zuerst einmal einige Joints. Nach ein bisschen Jamaica Gras bekam die ganze Angelegenheit auch wieder einen witzigen Aspekt. Manfred hatte zwei große viereckige Platten Dope und wusste nicht, was er nun damit machen sollte.

„Hm …", überlegte Woifal, „einführen geht schlecht …"

Wir brachen in schadenfrohes Gelächter aus. Je mehr wir lachten, umso verdrossener wurde Manfred. Und je verdrossener Manfred wurde, umso mehr mussten wir lachen.

„Was sollen wir schon machen! Wir müssen eben mit dem Auto zurückfahren!", sagte

Manfred plötzlich aufgebracht und machte damit unserem Lachen ein Ende.

„Das war aber nicht ausgemacht!", wandte ich ein und sah Woifal hilfesuchend an.

„Es geht kein Zug!", war Manfreds Antwort. „Und wir haben nicht so viel Geld, um das Ende des Streiks abzuwarten!"

„Es wird uns nichts Anderes übrig bleiben ...", gab Woifal zu. „Und wenn wir über Luxemburg fahren, werden wir ja nicht kontrolliert werden ..."

„Wir haben ausgemacht, so ein Risiko nicht mehr einzugehen!", wiederholte ich beharrlich. „Da mach ich nicht mit!"

„Es gibt keine andere Möglichkeit! Und über Luxemburg kann ja nichts passieren!", bekräftigte Manfred ungehalten.

„Es wäre aber beim letzten Mal fast schief gegangen!", wandte ich nochmal ein.

„Weil wir uns verfahren haben", sagte Woifal und überlegte.

Dann hatte er eine Idee: „Wir könnten Manfred in Luxemburg zum Bahnhof bringen. Er könnte mit der Regionalbahn über die Grenze fahren, und nach der Grenze nehmen wir ihn wieder mit!"

„Und die Grenzen dazwischen? Was ist mit der belgischen Grenze? Und der deutsch-österreichischen?"

„In Freilassing könnte er auch wieder in den Zug einsteigen", sagte Woifal, „und zwischen den Beneluxstaaten wird nicht kontrolliert."

Ich schwieg. In Anbetracht der Umstände war Woifals Vorschlag wohl die beste und auch einzige Lösung.

So fuhren wir am nächsten Tag gegen Mittag los. Je näher wir zur belgischen Grenze kamen, umso angespannter beobachtete ich die Straße. Ich hatte Angst vor einer mobilen Grenzkontrolle. Woifal hatte nämlich einmal gesagt, dass zwischen den Beneluxstaaten stichprobenartig solche Kontrollen durchgeführt würden. Nun kamen mir diese Sätze in Erinnerung und kreisten wie der Nachhall eines Echos in meinem Kopf herum. Genau diese Situation, diese Rückfahrt mit dem Risiko und der Angst im Nacken, erwischt zu werden, genau das hätte ich vermeiden wollen. Und nun war es wieder so. Genauso.

Nach einigen Stunden waren wir endlich in Belgien. Nun hieß es, die richtige Autobahn zu finden. Diesmal durften wir uns nicht mehr verfahren!

Da war wieder Liège!

Wie ging es nun weiter?

Düsseldorf … - wieso Düsseldorf – wo war die Abzweigung!

Konzentriert lasen wir die Schilder.

Plötzlich sagte Woifal: „Ach, hier hätten wir beim letzten Mal abzweigen müssen!"

Tatsächlich – auf dem Richtungsschild nach Vervier stand auch Luxemburg dabei. Woifal nahm die Ausfahrt, genau die Ausfahrt, die wir beim letzten Mal übersehen hatten, und befand sich auf der Autobahn nach Luxemburg. Erleichtert atmete ich auf. Manfred baute einen Joint und gab ihn reihum. Gut gelaunt nahm Woifal einige Züge. Auch ich konnte mich ein wenig entspannen. Das Schlimmste war hoffentlich geschafft!

Am späten Nachmittag kamen wir in der Stadt Luxemburg an, die eigenwillig auf einem Felsplateau erbaut war und sich im breiten Tal eines Flusses fortsetzte. Die Reste einer Burganlage, Kirchtürme und imposante Steinbrücken prägten das Stadtbild.

Wir fuhren zum Bahnhof und studierten den Abfahrtsplan. Es gab eine Bahn nach Trier. Allerdings fuhr sie wegen des Streiks nur zu den Grenzorten Wasserbillig in Luxemburg und Wasserbilligerbrück auf der deutschen Seite. Der nächste Zug würde erst morgen fahren.

„Was jetzt?", fragte Manfred.

„Suchen wir uns außerhalb der Stadt einen Platz, wo wir das Auto abstellen und übernachten können", schlug Woifal vor.

Wir verließen die Stadt und fuhren einige Kilometer hinaus aufs Land. Nachdem wir in eine holperige, kleine Straße eingebogen waren, fanden wir am Waldrand einen ruhigen, versteckten Platz. Dort verbrachten wir die Nacht. Woifal und ich schliefen im Auto, Manfred verschwand ein Stück in den Wald hinein.

Am nächsten Tag brachten wir Manfred zum Zug. Das Haschisch versteckte er unter seinem Overall und fuhr damit auf gut Glück über die Grenze. Wir warteten weit genug weg vom Bahnhof an der Straße. Ehrlich gesagt, rechnete ich nicht damit, dass Manfred so mir nichts, dir nichts mit zwei Platten Dope über die Grenze käme. Noch dazu, wo er auffällig war wie ein bunter Hund und die Fragen der Zöllner geradezu herausfordern würde!

Wir beobachteten die Straße. Es war wenig los, nicht nur wegen des Streiks. Dieses Wasserbillig und das dazugehörige Wasserbilligerbrück waren einfach zwei ganz verschlafene Nester.

Plötzlich sahen wir in der Ferne einen gelben Fleck auf der Brücke auftauchen. Unglaublich -

Manfred war im Anmarsch! Er hatte es tatsächlich geschafft!

„Den Dummen hilft das Glück", dachte ich.

Grinsend öffnete er die Autotür und stieg ein.

„So macht man das!", sagte er triumphierend und setzte sich auf die Rückbank.

Nun ging es Nonstop durch Deutschland durch. Am Abend würden wir in Freilassing sein. Erleichtert lehnte ich mich zurück.

Nach langen acht Stunden, die wir uns immer wieder mit einem Joint versüßt hatten, rückte die österreichische Grenze heran.

„Jetzt kannst du mich aber schon mit hinüberreißen!", sagte Manfred zu Woifal. „Wer weiß, ob jetzt überhaupt noch ein Zug von Freilassing nach Salzburg fährt!"

Erschrocken sah ich Woifal an. Sollten wir jetzt noch ein Risiko eingehen? Jetzt, wo wir beinahe schon zu Hause waren und es so gut wie geschafft hatten?

„Fahren wir halt übers kleine deutsche Eck", gab Woifal nach.

Offenbar wollte er jetzt keine Diskussionen mehr mit Manfred und einfach nur noch heim.

„Wir haben ausgemacht, dass wir kein Dope über die Grenze mitnehmen!", setzte ich mich zur Wehr.

„Warum bist du denn mitgefahren, wenn du solche Angst hast!", fuhr mich Manfred plötzlich an. „Hättest ja nicht müssen! Die ganze Zeit scheißt dich schon an!"

„Wir haben was ausgemacht. Und es war nicht geplant, dass wir was mitnehmen!"

„Wennst keine Nerven hast, dann lass sowas lieber in Zukunft! Wenn's nur reicht zum Semmerl holen, dann soll man auch nur Semmerl holen!"

Manfred wurde immer angriffslustiger. Ich ärgerte mich und hatte überhaupt keine Lust wegen seiner Aktion, die nicht funktioniert hatte, in irgendetwas mit hineingezogen zu werden. Woifal stand dazwischen.

„Wenn wir jetzt in Freilassing keinen Zug mehr haben, müssen wir sowieso mit dem Auto rüber. Fahren wir übers kleine deutsche Eck. Da haben wir ja noch nie Probleme gehabt", sagte er und fuhr von der Autobahn ab.

In einer Mischung aus Angst und Wut presste ich, den Tränen nahe, meine Lippen aufeinander und sagte kein Wort mehr. Nach einigen Kilometern auf der stockdunklen Bundesstraße erreichten wir die Grenzstation. Woifal blieb stehen, kurbelte das Fenster nach unten und zeigte die Pässe. Manfred saß mit seinen zwei Platten Haschisch am Rücksitz und schaute ganz unbeteiligt drein.

„Guten Abend!", sagte der Zöllner, warf einen kurzen Blick auf die Pässe und danach ins Auto - und winkte uns durch.

Ein Stein fiel von meinem Herzen. Der Groll auf Manfred blieb trotzdem. Woifal brachte ihn nach Hause.

„Ich melde mich morgen", sagte Manfred beim Aussteigen.

„Ja, bis morgen", verabschiedete sich Woifal.

Ich verabschiedete mich nicht. Ich war wütend. Noch dazu hatte er auch unseren Anteil vom Dope, den wir morgen erst bekommen würden, obwohl wir seine misslungene Aktion gerettet hatten.

Wie verabredet holten wir am nächsten Tag unseren Anteil. Unser Kontakt zu Manfred blieb nach wie vor sehr eng, was sich als großer Vorteil erwies, als einige Zeit später unser Dope wieder zu Ende - und Manfred frisch aus Amsterdam zurückgekehrt war.

Für abends hatten wir ein Treffen vereinbart. Woifal konnte es kaum erwarten. Überpünktlich fuhren wir von zu Hause weg und waren früher als ausgemacht bei Manfred.

Woifal parkte das Auto am Straßenrand vorm Haus. Als wir läuten wollten, sahen wir, dass die Haustür offen stand.

„Gehen wir rauf!", sagte Woifal.

Wir traten ein und gingen die Treppe hinauf. Oben angekommen, bemerkten wir, dass die Wohnungstür nur angelehnt war.

„Manfred?"

Woifal stieß die Tür auf und sah hinein. Die kleine Wohnung war schnell überblickt. Manfred schien gerade nicht hier zu sein.

„Er ist nicht da", sagte Woifal leise. „Warte, ich schau mal nach, wo er das Dope hat!"

Woifal wusste, wo das Dope versteckt war. Innerhalb weniger Sekunden hatte er es gefunden, zog vorsichtig die Tür hinter sich soweit zu, dass sie wieder nur angelehnt war und flüsterte mir zu: „Schnell, hauen wir ab!"

Dann liefen wir die Treppe hinunter und gingen eilig zum Auto. Woifal startete und fuhr weg.

Zu Hause wogen wir das Dope ab und freuten uns: Über dreihundert Gramm!

Erst allmählich stellten wir uns die Frage, was passieren würde, wenn Manfred entdeckte, dass alles weg wäre. Sein ganzes Dope für den Verkauf! Er musste uns verdächtigen, da wir ja etwas ausgemacht hatten und nun nicht mehr gekommen waren.

Doch es passierte nichts. Manfred tauchte nie bei uns auf. Irgendwann einmal hörten wir per Zufall, dass er uns wegfahren gesehen hätte und damit für ihn alles klar gewesen wäre. Schlappi, von dem Woifal diese Connection erfahren hatte, wollte nichts mehr mit Woifal zu tun haben, und damit brach auch der Kontakt zu Bauti und Jolly ab. Uns aber kümmerte das wenig. Wir hatten ein Jahr lang genug zu rauchen.

Veränderungen

Langsam wurde es Zeit für uns, eine Wohnung zu finden. Bis Ende September konnten wir noch bleiben. Dann wollten die Eigentümer das alte Haus endgültig abreißen und ein neues errichten lassen. Die Wirsings waren bereits im März ausgezogen. Über meine Mutter hatte ich erfahren, dass Macos Vater für Maco und seinen Bruder ein kleines Haus gekauft hatte mit je einer Einzimmerwohnung im Erdgeschoß und im Obergeschoß.

„So viel Geld und so viel Glück muss man haben", dachte ich nicht ganz ohne Neid.

Unsere Wohnungssuche war bisher erfolglos geblieben, wurde sie nun nicht nur durch Woifals Arbeitslosigkeit und seinen langen Haare erschwert, sondern auch noch durch Falco. Nachdem die Zeit mehr und mehr drängte und alle unsere Anfragen bei der Erwähnung des Hundes von vorneherein abgewiesen worden waren, beschlossen wir, eine Suchanzeige in die Zeitung zu geben: „SOS! Junges Paar mit Hund sucht dringend Wohnung!"

Wir bekamen zwei Anrufe. Einer war von einer etwas neurotisch klingenden älteren Dame, die uns eine teure Drei-Zimmerwohnung mit begehbarem Schrank anbot, wo wir den Hund hineingeben könnten, sofern es ein kleiner wäre, und der andere war von einem Mann, der eine sehr günstige, kleine Wohnung im oberen Stock eines älteren Hauses zwei Kilometer nach der Stadtgrenze anbot.

„Hm. Die Wohnung ist außerhalb", überlegte Woifal. „Wenn wir nicht mehr in Salzburg wohnen, wird uns niemand mehr besuchen kommen!"

Trotzdem – die Miete war noch günstiger als unsere jetzige, obwohl die Wohnung ein kleines Zimmer mehr hatte. Und Wahlmöglichkeit hatten wir sowieso keine. Entweder diese Wohnung oder gar keine.

Als wir die Wohnung besichtigten, waren wir zuerst einmal angenehm überrascht. Sie war neu renoviert worden, hatte eine schöne Küche, Zentralheizung und Terrasse. Es gab allerdings zwei Nachteile.

Ein Nachteil war die Kaution in Höhe von zwanzigtausend Schillinge. Zwanzigtausend Schillinge! So viel Geld auf einmal hatten wir noch nie besessen! Und der andere Nachteil bestand darin, dass die Wohnung direkt an der

Bundesstraße lag und der Verkehrslärm nicht zu überhören war. Da die Bundesstraße auch noch bergauf führte und eine Überholspur hatte, war der Lärmpegel besonders hoch. Der Vermieter tröstete uns damit, dass die Wohnung neue Lärmschutzfenster hätte. Wenn die Fenster geschlossen wären, würde man nicht viel hören. So nahmen wir die Wohnung.

„Woher sollen wir aber das Geld für die Kaution nehmen?", fragte Woifal, als wir wieder zu Hause waren.

„Wir könnten es uns von deinem Vater ausleihen", überlegte ich. „Der hat eh so viel Geld. Und wenn wir um ein bisschen mehr Geld fragen, als wir für die Kaution brauchen, könnten wir uns auch noch ein billiges Auto kaufen."

„Ja. Ein Auto brauchen wir dort schon. Allein zum Einkaufen muss man jedes Mal den Hügel hinunter und wieder hinauf, das dauert zu Fuß mindestens eine Stunde ... Aber trotzdem. Ich will meinen Vater eigentlich um nichts bitten."

Woifal hatte zu seinen Eltern kein gutes Verhältnis. Seine Mutter war bei seiner Geburt erst achtzehn Jahre alt und Woifal von Anfang an unerwünscht gewesen. Er hatte die ersten Jahre seines Lebens viel bei seiner Großmutter verbracht, und von ihr all die Liebe bekommen, die seine Mutter nicht für ihn gehabt hatte. Auch jetzt noch war es die Großmutter, die uns Woche für Woche zum Essen einlud.

Später hatte er, im Gegensatz zu seinem Bruder, die Erwartungen seiner Eltern auch nicht erfüllt. Der Bruder war der, den man herzeigen konnte. Woifal war der, den man lieber verschwieg. Was sollte man schon von ihm erzählen? Dass er arbeitslos war? Und langhaarig noch dazu? Seine Mutter hatte ihm sogar verboten, in das Friseurgeschäft zu kommen, in dem sie arbeitete. Sie schämte sich dafür, dass sie als Friseurin einen langhaarigen Sohn hatte.

Leider konnte ich Woifals Image auch nicht verbessern. Während die Freundin des Bruders den Vorstellungen der Eltern entsprach – sie hatte einen Lehrabschluss, war freundlich und nett – passte ich als Schulabbrecherin nicht in ihr Bild. Mit einem gewinnenden Wesen konnte ich ebenfalls nicht punkten. Ich war schüchtern und verschlossen.

So konnte ich mir natürlich auch nicht vorstellen, Woifals Vater um Geld zu bitten. Zumindest nicht von Angesicht zu Angesicht.

„Ich könnte deinem Vater einen Brief schreiben", schlug ich vor. „Ich könnte ihn in diesem Brief fragen, ob er uns das Geld für die Kaution borgen würde, wenn wir es in monatlichen Raten zurückzahlen."

Woifal war einverstanden. So schrieb ich den Brief und schickte ihn ab. Und unmittelbar nachdem der Brief angekommen sein musste, meldete sich Woifals Vater bei uns. Er gab uns das Geld sofort, ohne Fragen und ohne Bedingungen. Ich hatte sogar den Eindruck, er freute sich, uns helfen zu können.

Wie besprochen, kauften wir uns um einen Teil des Geldes ein Auto. Eigentlich hätten wir wieder einen R4 gesucht, doch auf die Schnelle war es nicht möglich gewesen, für so wenig Geld einen zu finden. So nahmen wir diesmal einen R5, dummerweise, ohne überhaupt eine Probefahrt gemacht zu haben.

Nachdem wir eingezogen waren, beschlossen wir, eine Einstandsfeier abzuhalten. Woifal gab seinen Freunden Bescheid und bat sie, es denjenigen weiterzusagen, die wir nicht getroffen hätten. Dann besorgten wir genügend Getränke, vor allem Wein und Bier, und ich machte einige Teller mit Brötchen und Häppchen.

Pünktlich läutete es. Es war Roland.

„Bin ich der erste!", stellte er fest und kam herein.

Dann setzte er sich und baute gleich einen Joint. Einen „Alibi-Joint", wie immer. Er erzählte, dass er ebenfalls auf Wohnungssuche sei. Seine Frau hätte ihn verlassen, wegen einem anderen. Um seine Tochter täte es ihm sehr leid. Er hoffe, dass er weiterhin viel Kontakt zu ihr hätte. Alle paar Wochen oder womöglich überhaupt nie, das käme für ihn nicht in Frage. Für andere wäre das vielleicht nicht so wichtig, für ihn aber schon. Er spielte offenbar auf Willi an.

Ich stellte die Teller mit den Brötchen auf den Tisch.

„Da greife ich gleich zu, solange noch genug da ist!", sagte er dann lachend und beendete das Thema.

Roland aß ein Brötchen und dann noch ein zweites und ein drittes. Woifal baute den nächsten Joint.

Das Brummen eines Motors war zu hören. Endlich würden die nächsten eintrudeln. Zu Dritt herumzusitzen und über Rolands Beziehungsprobleme zu sprechen, war nicht das, was wir uns unter einer Einstandsparty vorgestellt hätten. Erwartungsvoll sah Woifal hinaus.

„Der Nachbar", sagte Woifal dann mit einem Unterton leichter Enttäuschung.

„Die lassen sich aber alle Zeit!", sagte Roland und griff erneut nach einem Brötchen.

„Dann rauchen wir eben noch einen!", sagte Woifal und baute den nächsten Joint.

Die Zeit verging. Woifal begann sich unwohl zu fühlen. Das Schweigen, das nach einigen Joints meist eintrat, war diesmal kein angenehmes. Es vermischte sich nun mit dem Gefühl betretenen Wartens.

Eine Stunde war bereits vergangen. Es verging auch noch eine zweite. Und schließlich war der ganze Abend vergangen, und außer Roland war niemand gekommen.

„Das ist wie: Stell dir vor, es ist Party und keiner geht hin", sagte Woifal ernüchtert in Anlehnung an den Slogan „Stell dir vor, es ist Krieg und keiner geht hin".

Damit war das eingetreten, was Woifal prophezeit hatte. Niemand würde uns besuchen. Das ständige Kommen und Gehen von Freunden blieb aus. Eine Art von Zweisamkeit stellte sich ein, die zuerst ungewohnt war. Doch dann trat etwas ein, was ein ganz neues Lebensgefühl in unsere Zweisamkeit brachte. Eigentlich hatte ich es länger schon gewusst. Gewusst und nicht glauben können. Als ein Arztbesuch Gewissheit brachte, sagte ich es Woifal.

„Du – wir bekommen ein Kind."

Woifal sah mich an. Seine Augen leuchteten.

„Ich werde Papa!?"

Dann sagte er nichts mehr. Er war überwältigt vor Glück. Sein Gesicht strahlte. Der ganze Tag war verzaubert.

Wir behielten unser Geheimnis so lange wie möglich für uns. Nur einige Freunde wurden von Woifal eingeweiht. Klaus, der selber vor einem Jahr eine Tochter bekommen hatte, überließ uns Babybekleidung und Kinderwagen.

„Schön langsam sollten wir uns aber einen Namen ausdenken", sagte Woifal eines Tages.

Ich dachte nach.

„Was hältst du von Alexa?"

Woifal verzog das Gesicht.

„Klingt ja nicht schlecht. Aber eine Freundin von mir hat so geheißen."

„Oder Coco?"

Woifal lachte.

„Das kommt darauf an, wie man den Namen ausspricht. Wenn ich mir vorstelle, dass meine Großmutter sagt: Ja, wo ist sie denn, die Coco? Dann klingt das, als würde sie einen Affen meinen!"

„Also wenn es ein Bub wird, würde mir Benjamin gefallen", sagte ich schließlich.

„Und wenn's ein Mädchen wird?"

„Wie gefällt dir Clea? Nach der Jazzmusikerin?"

Woifal nickte.

„Gefällt mir gut. Und ich kenne auch niemanden, der so heißt."

Als Clea zur Welt kam, war die Freude so groß, dass sich sogar die Wirsings wieder mit uns versöhnten. Woifals Bruder fuhr gleich am nächsten Tag ins Krankenhaus, um die neue Erdenbürgerin zu begutachten. Meine Eltern waren überglücklich über ihr erstes Enkelkind. Und mein Vater, der Woifal zwar im Lauf der Zeit als meinen Freund akzeptiert hatte, überwand seine Vorbehalte endgültig. Als Vater seines ersten Enkelkindes hatte Woifal nun einen völlig neuen Stellenwert für ihn. Woifals Großmutter konnte kaum glauben, dass sie es erleben durfte, ein Urenkerl zu bekommen. Woifals Vater zeigte seine Freude, indem er für Clea eine Versicherung abschloss, die zu Cleas sechzehntem Geburtstag hunderttausend Schillinge ausschütten sollte.

Nur Woifals Mutter konnte unser aller Freude nicht so ganz teilen.

„Eines sage ich dir gleich", sagte sie zu Woifal. „Wenn ihr glaubt, ich werde auf euer Kind aufpassen, dann habt ihr euch getäuscht."

Woifal war oft schon enttäuscht von seiner Mutter gewesen. Aber das konnte er ihr nie verzeihen.

Zu Dritt

In der ersten Zeit änderte sich mit Clea nicht viel für uns. Wir nahmen sie einfach überall hin mit und versuchten, unser Leben im Großen und Ganzen so weiterzuleben, wie bisher. Da es Sommer war, fuhren wir baden, besuchten die Wirsings in ihrem Garten und gingen viel in die Natur. Woifals Freunde besuchten wir nach wie vor, wenn auch nicht mehr so oft und nicht alle. Von der Krankenversicherung meines Vaters, bei der ich immer noch mitversichert gewesen war, bekam ich anlässlich der Geburt eine schöne Summe Geld, von der wir ein neues Auto kaufen konnten – einen R4 natürlich. Der R5 hatte sich als Reinfall erwiesen.

Doch dann trat in unserem Leben die erste große Veränderung ein. Unausweichlich war der Zeitpunkt gekommen, an dem Woifal seine Idee, sich eine Arbeit zu suchen, von Neuem aufgriff. Und diesmal war er fest entschlossen, denn es war ein wichtiger Grund für ihn dazu gekommen: Er fühlte sich für Clea verantwortlich.

Für mich kam Woifals Entschluss einer Katastrophe gleich. Wenn Woifal arbeiten würde, würde es das Ende unserer großen Freiheit bedeuten. Es würde das Ende von In-den-Tag-hinein-leben, das Ende von Tun-können-was-man-will, das Ende unserer Unabhängigkeit sein. Und das schlimmste: Ich würde den ganzen Tag allein sein. Vor dem Alleinsein hatte ich immer schon Angst gehabt. Ich hatte mir nie erklären können, warum das so war, doch seit ich denken konnte, hatte das Warten allein zu Hause Panik in mir ausgelöst. Ich hatte immer gedacht, die Person, auf die ich wartete, würde nie mehr wiederkommen. Ich hatte immer damit gerechnet, dass etwas Schlimmes passieren würde, während ich wartete. Ich hatte zwar im Lauf der Zeit gelernt, diese Panik irgendwie zu verbergen, doch sie war nie weg gewesen. Einmal war ich sogar nach dem Aufstehen mit Woifal mitgefahren, die Sonntagszeitung zu holen, weil ich mich nicht getraut hatte, die wenigen Minuten allein zu bleiben.

So versuchte ich, Woifal diesen Gedanken wieder auszureden und rechnete ihm vor, dass wir nun mit Cleas Kinderbeihilfe mehr Geld hätten als jemals zuvor und Clea nicht viel brauchen würde. Woifal aber ließ sich nicht mehr davon abbringen. Er hätte es schon länger satt gehabt, den ganzen Tag lang nichts zu tun, und nun, durch Clea, hätte er endgültig den Ansporn und mehr noch - den wirklichen Wunsch, sich nach einer Arbeit umzusehen.

„Dann musst du dir aber die Haare schneiden lassen. So nimmt dich niemand!", sagte ich und hatte einen letzten Funken Hoffnung, dass ihn zumindest das abschrecken würde.

„Stimmt", antwortete Woifal, „aber zu meiner Mutter ins Geschäft gehe ich nicht. Kannst du mir nicht die Haare schneiden?"

Ich merkte, dass ich keine Chance hatte, ihn umzustimmen und gestand mir ein, dass er ja auch irgendwie recht hätte. Für immer würden wir so nicht weiterleben können, irgendwie würde ich damit zurechtkommen müssen, dass jeder von uns seine Verantwortung hätte. Mein Platz wäre zu Hause beim Kind. Und Woifal müsste das Geld verdienen. So war es überall. So waren eben die Rollen verteilt.

Ich holte die Schere und begann, die langen Haare in eine Kurzhaarfrisur umzuwandeln. Das war gar nicht so einfach! Ohne es zu beabsichtigen, schnitt ich eine „Topffrisur".

Woifal lachte.

„Super! Jetzt sehe ich aus wie Prinz Eisenherz!"

Vor mich hin kichernd machte ich noch einige Korrekturen, schnippselte hier und schnippselte dort, bis die Frisur zum Schluss ganz passabel aussah. Nun konnte Woifal sich getrost bewerben. Mit seinen kurzen Haaren sah er richtig ordentlich aus.

Nachdem Woifal die Anzeigen in der Samstagzeitung durchgesehen und mit einigen Firmen telefoniert hatte, konnte er probeweise beim Samariterbund, einem Fahrtenunternehmen für Menschen mit Beeinträchtigungen, mitfahren. Schon früh am Morgen war Woifal weg. Ich stand mit Clea am Fenster und bemühte mich, das panikartige Gefühl zu unterdrücken. Den ganzen Tag lang beobachtete ich abwechselnd Uhr und Straße, bis Woifal wieder zu Hause war. Zum Glück war die Bezahlung beim Samariterbund so schlecht, dass Woifal diese Arbeit nicht in Erwägung zog. Und ich war fürs Erste beruhigt und hatte die absurde Hoffnung, dass Woifal vielleicht gar keine Arbeit finden würde.

Doch der Tag, an dem Woifal eine Arbeit fand, kam. Witzigerweise war ihm diese Arbeit sogar vom Arbeitsamt vermittelt worden. Eine kleine Firma, die Kunststofffolien herstellte, suchte einen Werkzeugmacher. Woifal konnte nach etlichen Jahren Langzeitarbeitslosigkeit wieder in seinem Beruf arbeiten. Chef und Belegschaft waren ihm sofort sympathisch gewesen. Besser hätte er es nicht treffen können.

So begann ein Leben, vor dem ich mich immer gefürchtet hatte. Woifal war frühmorgens außer Haus, ich mit Clea allein. Um mich nicht so allein zu fühlen, ging ich ebenfalls am frühen Vormittag weg und blieb mit Clea tagsüber bei meinen Eltern. Oft fuhr ich den Weg in die Stadt per Autostopp. Mit zusammengeklapptem Buggy und Clea auf der Hüfte stand ich am Straßenrand und hatte meistens in wenigen Minuten eine Mitfahrgelegenheit. Nach der Arbeit holte mich Woifal jedes Mal wieder von meinen Eltern ab. Auf diese Art und Weise gelang es mir, das Alleinsein irgendwie zu umgehen.

In unserem neuen Leben wurde Falco mehr und mehr zu einem Problem. Beim Autostoppen konnte ich ihn nicht mitnehmen, das Gehen an der Leine und das Raufen mit anderen Hunden war nach wie vor ein Desaster, überhaupt, wenn ich nebenbei noch den Kinderwagen schieben musste, und Tag für Tag allein zu Hause konnte er auch nicht bleiben. So beschlossen wir, einen neuen Platz für ihn zu suchen. Um einen möglichst guten Platz zu finden, nahmen wir Kontakt mit Edith Klinger auf, einer älteren Dame im Dirndlkleid, die in der Tiersendung „Wer will mich?" auf ihre schrullig skurrile Art Tiere vermittelte. Woifal hatte den Mut, einfach bei ihr anzurufen. Nach einer fast dreißigminütigen Predigt über junge Menschen, die sich, ohne der Verantwortung bewusst zu sein, Tiere nehmen und dann im Stich lassen würden, gab sie uns die Adresse einer Mitarbeiterin, die in unserer Umgebung Tieren zu guten Plätzen verhalf. Und in wenigen Tagen hatte sie für Falco eine neue Bleibe gefunden.

Nach den ersten Monaten, die Clea vorwiegend mit Schlafen verbracht hatte, begann sie, langsam aber sicher, unser Leben völlig auf den Kopf zu stellen. Sie schien weitaus weniger Schlaf zu brauchen als wir, wachte in der Nacht oft stündlich auf und schlief tagsüber nur beim Spazierengehen. Kaum war ich nach einem ausgedehnten Spaziergang müde zu Hause angekommen, war sie auch schon wieder wach und forderte Unterhaltung ein. Bauchschmerzen, die ersten Zähnchen und Erkältungskrankheiten waren mit noch mehr schlaflosen Nächten verbunden als ohnehin schon, und ein nie gekanntes Gefühl von Sorge und Verantwortung begann schwer auf meine Schultern zu drücken. Oft fragte ich mich, wo unsere Unbeschwertheit, unsere Freiheit geblieben war, wo ich geblieben war. Ich hatte mich irgendwo verloren und konnte mich nirgendwo mehr finden in meinem neuen Leben.

So war ein Jahr vergangen. Clea begann, ihre ersten Schritte zu machen. Damit kam nun eine Zeit, wo nichts mehr vor ihr sicher war. Und das hatte einmal schlimme Folgen. Denn während Clea rund um den Tisch herumtrippelte und alles in die Hand nahm, was sie darauf finden konnte, baute Woifal gerade einen Joint.

„Wo ist denn jetzt das Piece!? Es war doch gerade noch da! Das Rauchpiece ist weg!", sagte Woifal plötzlich, während er, in der Annahme, dass es hinuntergefallen wäre, den Boden vor sich abtastete.

„Es wird schon irgendwo sein!"

Ich bückte mich und sah nach, ob es irgendwo unter dem Tisch wäre. Dann suchten wir auf dem Tisch. Wir suchten den Teppich ab. Wir sahen nach, ob es unter die Couch gerollt wäre. Wir suchten noch einmal von vorne. Und dann suchten wir noch ein drittes und ein viertes Mal.

Es war nicht zu finden.

Es gab nur eine Erklärung: Clea musste es verschluckt haben.

„Was machen wir?", fragte ich völlig aufgelöst.

Ich war in Panik. Was würde mit Clea passieren, wenn die Wirkung einsetzte?

„Ich weiß es auch nicht. Es wird schon nicht so schlimm sein. Vielleicht schläft sie nur."

„Und wenn es für ihren Kreislauf gefährlich wird? Wenn sie Herzprobleme bekommt?"

Der Gedanke machte mir Angst.

„Fahren wir ins Krankenhaus!", sagte ich.

Woifal überlegte.

„Das ist blöd. Dann kriegen wir womöglich Probleme."

„Das ist doch egal. Hauptsache Clea passiert nichts!"

Nach einigem Abwägen der Konsequenzen, die auf uns zukommen könnten und dem Risiko für Clea, wenn wir nichts tun würden, waren wir uns einig, lieber doch ins Krankenhaus zu fahren.

„Geh du hinein. Ich warte hier", sagte ich zu Woifal, als wir angekommen waren.

Die Vorstellung, das alles den Ärzten erklären und dabei zugeben zu müssen, dass wir Haschisch konsumiert hätten, behagte mir überhaupt nicht. Woifal übernahm die unangenehme Aufgabe. Er fühlte sich schuldig. Obwohl ich genauso schuld war. Wir hätten beide besser aufpassen müssen. Mit beklommenem Gefühl blieb ich vor der Tür des Kinderspitals, wartete, malte mir aus, was drinnen geschehen würde und hoffte, Woifal käme jeden Moment mit Clea am Arm wieder heraus.

Nach einer Stunde waren sie immer noch nicht zurück.

„Wo bleiben sie denn!", fragte ich mich beunruhigt.

Dann hielt ich es nicht mehr länger aus. Ich nahm meinen ganzen Mut zusammen, ging hinein und fragte nach dem Mann mit dem kleinen Kind, der vorhin gekommen wäre. Eine Krankenschwester brachte mich in den Wartebereich. Dort war auch Woifal. Er hatte Clea am Arm, die sich fest an ihn schmiegte. Fragend sah ich ihn an.

„Sie haben gerade ihren Magen ausgepumpt", sagte Woifal. „Jetzt müssen wir auf den Arzt warten."

Nach einiger Zeit kam der Arzt. Man hätte im Mageninhalt nichts gefunden, sagte er. Das Stück Haschisch könnte schon weiter in den Darm gerutscht sein. Clea müsse zur Beobachtung über Nacht bleiben.

„Ich bleibe bei ihr", sagte ich.

„Das geht nicht", sagte der Arzt. „Es gibt kein Zimmer, wo sie mit ihrer Tochter gemeinsam aufgenommen werden können. Wenn sie bei den anderen Kindern im Zimmer schlafen, wollen die womöglich auch ihre Mütter bei sich haben. Die sind ja schließlich auch alle alleine hier!"

Ich ließ mich nicht abwimmeln. Nicht einmal, als der Arzt uns in Aussicht stellte, keine Details zum verschluckten Gegenstand in den Bericht zu schreiben, wenn ich jetzt vernünftig wäre und Clea hier ließe.

„Sie können schreiben, was sie wollen. Ich bleibe trotzdem", sagte ich felsenfest.

Die Krankenschwester richtete ein Bett für Clea. Ich holte einen Stuhl, stellte ihn daneben, setzte mich und nahm mir vor, nicht aufzustehen, egal, was passieren würde. Zu meiner Überraschung passierte nichts. Offenbar hatte man meine Entschlossenheit, Clea unter keinen Umständen allein zu lassen, akzeptiert.

Als es Nacht wurde und ich vor Müdigkeit nicht mehr sitzen konnte, machte ich mich ganz klein und legte mich zu Clea ins Gitterbett. Etwas später merkte ich, wie eine verstellbare Patientenliege hereingeschoben und neben das Gitterbett gestellt wurde. Doch ich brauchte sie nicht. Ich blieb zusammengerollt liegen, bis es Morgen wurde.

Der Arzt brachte mir eine Tasse Kaffee. Nachdem keine Komplikationen aufgetreten wären, könnte ich mit Clea nach Hause gehen, meinte er. Und er würde keine Details zu dem verschluckten Gegenstand in den Arztbericht schreiben.

Im Lauf der Zeit glich unser Leben mit Clea mehr und mehr einer Gratwanderung. So sehr wir uns auch bemühten, unser Familienleben und unser altes Leben in Einklang zu bringen - es wurde zu einem Ding der Unmöglichkeit, Woifals Freunde zu besuchen. Abgesehen von lauter Musik und verqualmten Räumen waren die Wohnungen für ein Kleinkind völlig ungeeignet. Überall gab es gefährliche Ecken und Kanten, und ständig musste ich aufpassen, dass Clea bei ihren Gehversuchen nicht irgendwo dagegen fiel. Darüber hinaus waren die Wohnungen entweder unaufgeräumt oder mit verschiedenen Ziergegenständen „verschönert", die Clea unter den missbilligenden Blicken von Woifals Freunden abräumte und zweckentfremdete. Meist wurde es Clea auch ziemlich schnell langweilig, und dann quengelte und weinte sie, während wir gemütlich in der Runde sitzen und einen Joint rauchen wollten. So war es kein Wunder, dass Woifal immer öfter sagte „ICH gehe heute zum Klausi" oder: „ICH besuche den Michi", weshalb wir dann meistens Streit hatten. Allein mit Kind zu Hause – in diese Rolle konnte ich mich nicht einfinden. Ich wollte dieses Leben, das ich gehabt hatte, nicht aufgeben. Ich wollte, dass alles wieder so werden würde, wie es gewesen war.

Da meldete sich eines Tages eine ehemalige Schulfreundin bei mir. Sie hätte auch eine Tochter, gleich alt wie Clea, und würde ganz in der Nähe von uns wohnen. Ob ich sie nicht einmal besuchen wolle? Und ob wir nicht vielleicht in weiterer Folge die Kinder daran gewöhnen sollten, abwechselnd bei einem von uns zu bleiben? Wir hätten dann hin und wieder ein bisschen Zeit für uns selbst …

Die Besuche bei Irmi und ihrer kleinen Tochter Pia waren etwas Neues für mich. Clea konnte spielen, und ich konnte mich unterhalten und über die vielen Fragen, die das Leben mit einem kleinen Kind mit sich brachte, austauschen.

D a Clea Abwechslung und einen Spielkameraden brauchte, besuchten wir Irmi immer öfter. Die Sehnsucht nach unserem alten Leben aber blieb. Trotz aller Freuden und Bereicherungen, die Clea in unser Leben gebracht hatte, wartete ich immer noch auf den Moment, wo alles wieder so wie vorher sein würde.

Da sagte Woifal eines Tages, als er von der Arbeit nach Hause kam: „Du – Rupert hat einen VW-Bus. Den würde er uns jederzeit borgen!"

Auch Woifal hatte neue Freunde gewonnen. Es waren seine Arbeitskollegen Gregor und Rupert, mit denen er sich blendend verstand, obwohl es wahrscheinlich die ersten Freunde von ihm waren, die nicht kifften.

Erfreut sah ich ihn an. Seit Clea auf der Welt war, hatten wir keinen Urlaub mehr gemacht. Es war höchste Zeit für uns, endlich wieder einmal wegzukommen, irgendwohin, Hauptsache raus aus Salzburg und ein bisschen was erleben.

„Wir könnten mit dem Bus nach Amsterdam fahren!", schlug Woifal vor.

Mit Amsterdam hatte ich allerdings nicht gerechnet.

„Nach Amsterdam? Aber du weißt doch … das ist so ein großes Risiko! Und wenn wir mit Clea dieses Risiko eingehen - was passiert, wenn sie uns erwischen?"

„Diesmal würde ich das Dope schlucken. Das ist völlig sicher!"

Ich dachte nach.

„Aber da kann man ja gar nicht viel mitnehmen! Und das Ganze ist doch so umständlich! Allein schon das Verpacken … Und dann muss man es auch noch aus der Scheiße fischen!"

„Ach – so schlimm ist das gar nicht! Man macht aus dem Haschisch Kugeln von etwa zwei bis drei Gramm, überzieht sie mit Bienenwachs, damit sie sich nicht im Magen auflösen und schluckt sie. Wenn man sie geschluckt hat, muss man natürlich möglichst schnell nach Hause fahren. Denn je nachdem wie groß die Menge ist, muss man man mehr oder weniger schnell auf die Toilette. Ich hab das schon mal gemacht. Hundert bis hundertfünfzig Gramm gehen sich locker aus. Und es ist überhaupt kein Risiko."

Ich war immer noch ein bisschen skeptisch.

„Wo willst du das machen? Die Kugeln mit dem Bienenwachs überziehen?"

„Im Bus! Da ist sogar eine kleine Küche drinnen … Und wir könnten auch ein paar Tage nach Zandvoort fahren, ans Meer!"

Der Plan klang nicht schlecht. Und die Aussicht ans Meer zu kommen, hatte mich endgültig überzeugt! Endlich wieder fort! Endlich wieder ein kleines Abenteuer! Und diesmal sogar ganz ohne Risiko!

Woifal nahm sich ein paar Tage Urlaub, und gemeinsam mit Roland fuhren wir für einige Tage in den hohen Norden. Wir blieben außerhalb von Amsterdam auf einem Campingplatz. Während Roland und Woifal im „Bulldog" das Dope einkauften, blieb ich mit Clea heraußen und setzte mich auf eine Bank an der Gracht. Und als die beiden mit den „Einkäufen" fertig waren, rauchten wir endlich wieder einmal, nach ewig langer Zeit, unseren ersten Joint in Amsterdam.

Ein bisschen etwas von dem alten Lebensgefühl stellte sich ein. Der Geruch des Dopes, die alten Backsteinhäuser, die vielen Fahrräder, die jungen Leute, die in ihren unterschiedlichsten Aufmachungen die Straßen belebten … Wir schlenderten durch die Stadt und genossen die Atmosphäre.

Am nächsten Tag fuhren wir nach Zandvoort. Ein langer, breiter Sandstrand mit einer wunderschönen Dünenlandschaft erstreckte sich vor uns. Der Himmel strahlte in hellem Blau. Der weiße Sand war mit unzähligen Muscheln übersät. Das weite Meer glitzerte in der Sonne. Wir setzten uns in die Strandkörbe, die Schutz vor dem kühlen Nordwind boten. Clea sammelte Muscheln und rannte im Sand herum. Und während sie auf Woifals Schultern saß und die Gegend betrachtete, machten wir lange Strandspaziergänge.

Nach zwei Tagen am Meer bereiteten wir abends am Campingplatz alles für die Heimreise vor. Woifal und Roland erwärmten das Haschisch und zerteilten es in viele kleine Stückchen. Dann verpackten sie Stück für Stück in Klarsichtfolie. Anschließend umhüllten sie jedes einzelne mit Bienenwachs. Nach vielen Stunden Arbeit waren sie fertig. Sie verzichteten auf das Abendessen, um am nächsten Tag keine Probleme mit der großen Menge Dope zu haben, die sie schlucken mussten.

Clea weckte uns schon früh am Morgen. Wir standen auf und tranken Kaffee.

„So. Unser Frühstück ist jetzt das hier!", sagte Woifal lachend.

In mehreren Etappen begannen Woifal und Roland das Dope zu schlucken. Jedes Stückchen mit einem kleinen Löffel Vanille Flan, damit es besser hinunterrutschte.

Dann fuhren wir los. Diesmal sogar über die niederländisch-deutsche Grenze. Als kleine Familie mit Campingbus waren wir völlig unauffällig. Woifal trug ja nun auch seine Haare kurz geschnitten, und Roland war seit eh und je ein unauffälliger Typ. So wurden wir gleich durchgewunken. Woifal fuhr die ganze weite Strecke fast ohne Unterbrechung. Unterwegs auf die Toilette zu müssen, wäre so ziemlich das unangenehmste, was passieren könnte. Man wollte schließlich die Stücke nicht abwaschen und noch einmal schlucken müssen. Doch zum Glück waren wir ohne Zwischenfälle zu Hause angekommen. Und nach und nach kam in den nächsten Tagen auch das ganze Dope zum Vorschein.

Im Sommer zogen wir in die Stadt zurück. Ich wollte nicht mehr mit Clea außerhalb festsitzen, während Woifal in der Arbeit war. Ich wollte unabhängig sein und gemeinsam mit Clea das tun, wozu wir gerade Lust hätten. Ich wollte ohne große Umstände mit Clea auf einen Spielplatz gehen oder ein Schwimmbad besuchen können.

Um die Wohnung zu bekommen, die wir uns angesehen hatten, gab ich mich als „Lehramtsanwärterin" aus. Hausfrau, Mutter oder gar Schulabbrecherin schien mir zu gewagt. Woifal machte mit seiner Kurzhaarfrisur von vornherein einen guten Eindruck und konnte diesmal sogar eine Arbeit vorweisen. Das Image „langhaarig und arbeitslos" hatte er nun endgültig abgelegt. Unter diesen Voraussetzungen bekamen wir die Wohnung sofort. Wir wirkten sogar so sympathisch, dass uns die Hausverwalterin bei der Vertragsunterzeichnung auf ein Gläschen Wein einlud. Das war ein völlig neues Gefühl für uns.

Ein völlig neues Gefühl für uns war es auch, dass wir, seit Clea auf der Welt war, sehr viel Familienleben hatten. Bei meinen Eltern waren wir nach wie vor fast täglich, und Woifals Großmutter, die uns jeden Montag zum Kässpätzle-Essen eingeladen hatte, lud uns nun auch zwischendurch zu Kaffee und Kuchen ein. Wenn meine Großeltern aus Niederösterreich kamen, lud sie diese gleich mit ein, was meine Großeltern wiederum dazu veranlasste, Woifals Großmutter einzuladen. So folgte eine gemeinsame Reise nach Niederösterreich, wo wir Tanten, Onkeln, Cousins und Cousinen besuchten. Clea sorgte für großen Austausch in der Familie. Sie war der Mittelpunkt der Welt und wir mit ihr.

Mit all unseren Unternehmungen hatte nun auch fast so etwas wie ein neuer Abschnitt in unserem Familienleben begonnen. Die mühsame Zeit des ersten Sitzens, des ersten Krabbelns, der ersten Schritte war vorbei. Clea war nun endlich kein Baby mehr, sie war am Weg, sich zu einem Kleinkind zu entwickeln. Vielleicht würde jetzt langsam wieder alles so wie früher werden. Vielleicht würde es wieder möglich werden, ohne Plan und ohne Ziel irgendwohin zu fahren, vielleicht würde es wieder möglich werden, ein bisschen Freiheit und Abenteuer zu erleben … Vielleicht würde es sogar diesen Sommer schon Wirklichkeit werden!

Wir begannen gemeinsam zu überlegen.

„Wo könnten wir hinfahren … Spanien kennen wir ja schon", sagte Woifal und dachte eine Weile nach. „Vielleicht mal die andere Richtung? Griechenland oder … - wie wär's mit der Türkei? Michi war doch mit Helene dort. Soll schön gewesen sein."

Michi hatte nun eine Freundin, mit der er vor kurzem zusammengezogen war. Dummerweise war sie die Freundin eines Freundes von ihm gewesen, wodurch Michi wieder einen Kumpel weniger und keine gute Nachrede hatte. Aber das waren seine Angelegenheiten. Für uns war Michi nach wie vor ein guter Freund, den wir gerne und oft besuchten. Bei unserem letzten Besuch hatte Michi von der Türkei geschwärmt. Die Türkei wäre gerade erst als Urlaubsland entdeckt worden. Der Massentourismus beschränke sich auf einzelne Küstenabschnitte, überall wäre noch der Reiz des Unverfälschten spürbar. Dazu kämen eine wunderbare Landschaft, eine große Gastfreundschaft und die Einflüsse des Orients.

Michis Erzählungen hatten mich fasziniert. Ich stellte mir unter der Türkei etwas Fremdes und Neues vor, etwas Unbekanntes, das mich magisch anzog. Ich erinnerte mich auch, wie Harry von seiner Indienreise erzählt und eine kurze Episode von der Fahrt durch die Türkei geschildert hatte: Zwei türkische Polizisten hätten ihn aufgehalten und einen Strafzettel verpasst. Trotzdem hätten sie sich mit ihm freundlich über seine weite Reise unterhalten, ihm alles Gute gewünscht und beim Verabschieden auch noch eine Handvoll Pistazien geschenkt.

„Ja, in der Türkei wird's dann …", hatte Harry seine Erzählung beendet. „Da beginnt der Orient. Da sind die Leute ganz anders …"

„Wenn ich morgen in der Arbeit bin, kannst du ja mal in die Reisebüros gehen und dich informieren", sagte Woifal.

„Und wir nehmen nur den Flug", schlug ich vor. „Die Unterkunft suchen wir erst dort. Alles so von vornherein fertig gebucht zu haben, ist langweilig."

Woifal dachte genauso. Einen „08/15 Pauschalurlaub" wollten wir nicht.

Nachdem ich mich in den Reisebüros durchgefragt hatte, unterbreitete ich Woifal die Ergebnisse.

„Nach Lanzarote und Fuerteventura wäre der Flug gleich teuer wie in die Türkei. Die zwei Inseln sind heuer auch sehr beliebt, hat die Angestellte im Reisebüro gesagt. Aber ich weiß nicht … - sollen wir nicht doch in die Türkei? Das wäre mal ganz was Anderes - was meinst du?"

Woifal überließ die Entscheidung mir. Zuerst war ich noch ein bisschen unschlüssig. Dann siegte die Lust auf etwas Unbekanntes. In Fuerteventura hätten wir Strandurlaub, in der Türkei den Orient, dachte ich.

So buchte ich am nächsten Tag zwei Flüge nach Dalaman in der Südwesttürkei für Ende August.

In letzter Zeit hatte sich Woifal immer besser mit seinen Arbeitskollegen angefreundet. Und immer öfter ging er nach der Arbeit mit ihnen auf ein Bier. Unser Leben begann allmählich, mich ein bisschen an das Leben meiner Mutter zu erinnern: Sie hatte Abend für Abend gewartet, bis unser Vater von seinem Stammlokal nach Hause gekommen war. Woifal kam zwar meist noch bevor es Abend wurde – aber trotzdem – in meinen Augen begann sich unser Leben in diese Richtung zu entwickeln. Und es würde womöglich nur eine Frage der Zeit sein, bis es tatsächlich so wäre.

Und der Tag, an dem ich meine Horrorvorstellungen bestätigt sah, kam. Woifal sollte schon längst zu Hause sein. Vor zwei Stunden hatte er aufgehört zu arbeiten, und er war immer noch nicht da. So lange hatte er mich noch nie warten lassen. Langsam begann ich, mir Sorgen zu machen. Und es dauerte nicht lange, da kroch die altbekannte Panik in mir hoch. Womöglich war ihm etwas zugestoßen – hatte er einen Unfall gehabt? Es musste etwas passiert sein! Es gab keine andere Erklärung mehr! Nur mit Mühe schaffte ich es, auf Cleas sorgloses Plaudern Antworten zu geben. Ich konnte mich auf nichts Anderes mehr konzentrieren, als auf meine Angst. Ich konnte keinen klaren

Gedanken mehr fassen, konnte mir selber nicht mehr gut zureden, mich nicht mehr zur Vernunft bringen. Es musste etwas passiert sein – das war das Einzige, was ich denken konnte – nur was, was war passiert? Ich ging ins Schlafzimmer, sah aus dem Fenster, sah auf die leere Straße hinab. Es war noch hell draußen, ein warmer Sommerabend. Ich ging wieder zurück ins Wohnzimmer, warf einen Blick auf die Uhr. Halb acht. Was sollte ich tun? Was nur sollte ich tun?

Endlich. Nach einer gefühlten Ewigkeit hörte ich draußen am Gang Geräusche. Und dann das erlösende Klacken des Schlüssels im Schloss. Erleichtert atmete ich durch, bemühte mich, mir von meiner Panik möglichst nichts mehr anmerken zu lassen und ging Woifal entgegen.

Mit glasigem Blick ging Woifal an mir vorbei und ließ sich im Wohnzimmer auf einen Sessel plumpsen.

„Du bist ja betrunken!", sagte ich fassungslos. „Soweit sind wir also schon! Ich bin den ganzen Tag mit Clea allein, und du kommst abends betrunken nach Hause!"

Die ganze Angst von vorhin verwandelte sich in unbeschreibliche Wut! So hatte ich mir unser Leben nicht vorgestellt!

Ich nahm einen großen Topf, füllte ihn mit Wasser und schüttete es Woifal ins Gesicht.

Woifal war irgendwie perplex, raffte sich auf und schaffte es gerade noch aufs Klo, um sich zu übergeben.

Das war das einzige Mal, dass Woifal betrunken nach Hause gekommen war. Trotzdem passte es mir nicht mehr, dass er sich mit seinen Arbeitskollegen traf. Ich fühlte mich zu sehr aus seinem Leben ausgeschlossen.

Endlich war es soweit! Wir flogen mit Istanbul Airlines von Salzburg nach Dalaman! Clea saß auf Woifals Schultern, als wir über den Flugplatz gingen. Ein kleines, weißes Flugzeug mit roter Aufschrift und roter Erdkugel in Form einer Tulpenblüte auf der Heckflosse erwartete uns. Istanbul Airlines – das klang geheimnisvoll und abenteuerlich zugleich! Einige Bilder des Films „Midnight-Express" tauchten vor meinem geistigen Auge auf – ich sah die engen, steilen Gassen Istanbuls, den Bazar mit seinen Menschenmassen und den vielen Händlern, die ihre Waren anpriesen … Wir hatten den Film bei Manfred gesehen und waren tief beeindruckt gewesen. Der Film erzählte die wahre Geschichte eines Amerikaners, der am Flughafen von Istanbul mit zwei Kilo Haschisch erwischt worden und für Jahre in der unmenschlichen Hölle eines türkischen Gefängnisses verschwunden war. Auch wenn der Film Zustände aus den siebziger Jahren zeigte, waren die drakonischen Strafen bei Drogenbesitz und die Unberechenbarkeit der türkischen Justiz immer noch berüchtigt und für uns ein Grund, auf keinen Fall Dope mitzunehmen. Auf so ein Wagnis wollten wir uns nicht einlassen.

Wir gingen die Gangway hinauf. Der Flugkapitän, ein typischer Türke mit schwarzen Haaren und schwarzem Schnauzbart, und eine Stewardess mit ebenso dunklen Haaren und markantem Gesicht, begrüßten uns. Nachdem wir unsere Sitznummern gefunden hatten, nahmen wir die Plätze ein. Nach und nach wurde das Flugzeug voll. Viele der Passagiere schienen Gastarbeiter zu sein. Ihre Zugehörigkeit zu einer anderen Kultur war unverkennbar und führte mir wieder unser exotisches Ziel vor Augen.

Das Flugzeug machte sich startklar. Laut dröhnten die Triebwerke, als es sich in Bewegung setzte und über das Rollfeld fuhr.

„Das ist aber schon ganz schön alt, das Flugzeug", stellte Woifal nicht ganz ohne Skepsis fest. „Hab vorhin gelesen, dass es eine Caravelle ist. Soviel ich weiß hat's die in den fünfziger Jahren gegeben! Jetzt werden ja bei Charterflügen hauptsächlich Boeings eingesetzt."

„Ja, das Cockpit ist sogar nur mit einem Vorhang vom Passagierraum getrennt! Wie in den alten, amerikanischen Filmen!", bemerkte ich amüsiert.

„Und laut ist es! Besonders hier im Heck, wo wir sitzen!"

Woifal sah es eher von der praktischen Seite. Auch Clea behagte der Lärm nicht. Zum Glück wurde es, nachdem wir die Reiseflughöhe erreicht hatten, ein kleines bisschen leiser.

Der Flug dauerte zweieinhalb Stunden. Nach und nach löste sich die Wolkendecke auf. Konturen einer Landschaft wurden sichtbar und bald darauf die markante Form der drei griechischen Halbinseln. Dann flogen wir über das offene Meer, das von oben ganz dunkelblau aussah. Das Flugzeug machte eine Kurve und sank tiefer. Wir befanden uns im Landeanflug! Aufgeregt sah ich aus dem Fenster. Ein langer Sandstrand tauchte unter uns auf, danach eine karge Landschaft und ganz deutlich die Kuppel und das Minarett einer Moschee!

Mit einem heftigen Ruck setzte die Caravelle am Boden auf. Der Applaus der Passagiere ertönte. Wir waren da!

Nachdem wir mit leichtem Unbehagen vor dem laufenden Gepäckband auf das Auftauchen unserer Koffer gewartet hatten und diese nach etlichen Runden auch tatsächlich dabei waren, gingen wir weiter zur Passkontrolle.

Dort stand bereits eine lange Menschenschlange. Aus den Reihen der Urlauber waren Bemerkungen zu hören wie: „Kein Wunder dass das solange dauert! Bei uns arbeiten die ja auch nicht schneller!"

Nach jeweils sorgfältiger Kontrolle stempelte ein Zollbeamter die Pässe ab. Während wir warteten, fiel mir auf, dass alle, aber auch wirklich alle türkischen Männer Schnauzbärte hatten. Endlich waren wir an der Reihe. Der Zollbeamte inspizierte unsere Gesichter, verglich sie mit den Fotos, blätterte die Pässe durch und gab den Einreisestempel hinein.

„Giriş 24.08.1989"

Wir verließen das Flughafengebäude. Ein Schwall heißer Luft schlug uns entgegen. Es war, als ob wir gegen eine Wand gehen würden. Diese Art von Hitze war mit dem Begriff Hitze, wie wir sie bisher kennen gelernt hatten, überhaupt nicht vergleichbar. Es war ganz einfach unbeschreiblich heiß!

Wir gingen weiter zu den Taxis. Geschäftstüchtig öffnete einer der Taxifahrer die Tür seines Fahrzeugs und ließ uns einsteigen.

„Where?" fragte er auf Englisch.

„To a pension on the beach!", sagte Woifal.

Vor unserer Abreise hatten wir uns ausgemacht, unser genaues Ziel dem Zufall zu überlassen. Zumindest einen Hauch von Abenteuer und Ungewissheit wollten wir spüren.

„Pension!", wiederholte der Taxifahrer und nickte.

Dann stieg er aufs Gas und fuhr los. Wir ließen das Flughafengelände hinter uns und brausten die Landstraße entlang. An einer Kreuzung bogen wir ab und fuhren durch den Ort Dalaman hindurch, einem kleinen, unspektakulären Ort mit einfachen Wohnhäusern, einigen Geschäften und Lokalen und einer imposanten weißen Moschee am Straßenrand. Danach ging es in vielen Sepentinen eine Bergstraße hinauf. Die Fahrt wurde anstrengend. Ich fragte mich, wie weit es denn bis zur Küste noch wäre – hatten wir beim Landeanflug nicht schon das Meer gesehen!? Doch unbeirrt fuhr unser Fahrer weiter und schien noch lange nicht am Ziel zu sein …

„Tea?", fragte er plötzlich.

Er sah uns kurz an und ohne unsere Antwort abzuwarten, hielt er wenige hundert Meter weiter vor einer einfachen Gaststätte. Wir stiegen aus und setzten uns an eines der Holztischchen, die weitläufig unter den Bäumen eines Kiefernwaldes verteilt waren. Eigentlich hätte ich lieber weiterfahren und ankommen wollen. Doch wie hätten wir das unserem Taxifahrer erklären sollen? So ließen wir ihn schwarzen Tee für Woifal und mich und „Apple Tea" für Clea bestellen und waren dann doch froh, im Schatten der Bäume eine kurze Pause einzulegen. Nachdem auch unser Fahrer ein Glas Tee getrunken, einige Zigaretten geraucht und mit Kollegen getratscht hatte, die ihre Fahrgäste ebenfalls auf ein Glas Tee eingeladen hatten, ging es wieder weiter. Kurve um Kurve führte die Straße bergauf und bergab, bis die Landschaft ebener wurde und für einen kurzen Moment einen Blick auf das Meer freigab. „Yaniklar" las ich beim Vorüberfahren auf einem Ortsschild. Einige ärmliche Häuser und eine kleine Moschee säumten die Landstraße, die von nun an schnurgerade leicht abwärts führte. Bald darauf erreichten wir eine Ortseinfahrt. Wir fuhren an Ferienwohnungen, kleinen Hotels und Pensionen vorbei, bogen in einen Schotterweg ein und blieben vor einem blauen, leicht angerosteten Schild stehen.

„Birgül Pansiyon".

Wir schienen angekommen zu sein. Der Taxifahrer stieg aus und öffnete unsere Tür. Ein junger Mann mit dunkler Hautfarbe hieß uns willkommen.

„My name is Yusuf!", stellte er sich vor.

Hinter uns kletterte Clea aus dem Taxi.

„Hello!", sagte Yusuf überrascht und lachend zugleich, als er sie entdeckte.

Dann nahm er unser Gepäck und brachte es in eines der Zimmer einer winzigen Pension, die einzig und allein aus drei aneinandergebauten Zimmern bestand. Entlang der Zimmer war ein Garten mit vielen blühenden Blumen und am Ende des Gartens ein kleines, von Wein umwachsenes Häuschen. Von dort kamen ein Mann und eine Frau zu uns herüber und wechselten mit Yusuf ein paar Worte.

„Kemal and Hayriye", stellte sie uns Yusuf vor. „They own the pension. But they don't speak English. If you have questions, you ask me."

Die beiden begrüßten uns. Kemal strahlte ein ruhiges, freundliches Wesen aus, Hayriye war ebenfalls sehr freundlich, wirkte aber wesentlich resoluter. Auch ihre Kinder waren herbeigekommen. Sie hatten drei Töchter. Die jüngste hieß Birgül und schloss gleich Freundschaft mit Clea.

Nachdem wir unsere Sachen verstaut hatten, brachte Yusuf eine Kanne Tee, die er uns auf der schmalen Terrasse, die die Zimmer entlangführte, servierte. Er schien sich um die Gäste hier zu kümmern. Aufmerksam scharwenzelte er auch um ein Pärchen herum, das das Zimmer neben uns bewohnte.

„Wo dieser Yusuf her ist? Wie ein Türke schaut er nicht aus", sagte Woifal.

„Hm, irgendwoher aus Pakistan oder so …", überlegte ich.

„Nein, Pakistani und Inder schaun auch anders aus. Die haben doch eher glatte Haare. – Übrigens - für heute Abend sollten wir noch eine Flasche Wein besorgen, wenn wir schon nichts zum Rauchen haben."

Ich pflichtete Woifal bei. Die ersten Tage ohne Dope würden wieder etwas ungewohnt werden. Andererseits war es so heiß hier, dass es uns im Moment auch nicht besonders fehlte.

Als die Sonne langsam tiefer sank und die ärgste Hitze vorbei war, gingen wir vor zur Straße, die mehrere Kilometer den Strand entlang führte. Der Nachmittag war zu Ende gegangen. Einige Badegäste kehrten in ihre Hotels zurück, die die Straße säumten. Vor den vielen kleinen Lokalen brutzelten bereits Grillhühner am Spieß.

„Eigentlich könnten wir schon was abendessen. Ich hab einen Riesenhunger. Du nicht?", schlug Woifal vor.

„Ja, da du hast recht! Schaun wir mal, wo …"

Wir gingen ein Stück weiter und fanden ein einfaches Restaurant, wo die (noch lebenden) Hühner des Eigentümers zwischen den Bänken herumhüpften.

„Hier vielleicht? Da schaut's ja witzig aus! Und Clea hätte wenigstens ein bisschen Ablenkung!"

Ich warf einen Blick auf die Speisekarte neben dem Eingang und bemerkte, dass es sogar im Lehmofen gebackene Fladenbrote gab. Damit war die Wahl getroffen. Wir aßen knuspriges Grillhuhn, saftige Fladenbrote und dazu türkischen Salat mit Schafkäse und viel Petersilie.

Als wir mit dem Essen fertig waren, gingen wir zum Strand hinunter. Ein großer, oranger Feuerball versank langsam im Meer und tauchte den Strand in goldenes Licht. Wir zogen die Schuhe aus. Sanft umspülten die Wellen unsere Füße. Clea bückte sich und warf eine Handvoll Sand ins Meer.

„Es ist immer noch ziemlich warm. Eigentlich könnten wir jetzt baden gehen. Das ist am Abend sowieso viel schöner als tagsüber!", sagte Woifal. „Kommst du auch?"

„Nein, ich müsste extra zurück in die Pension und meinen Bikini anziehen. Aber geh du mit Clea, ihr tut die Abkühlung jetzt bestimmt auch gut!"

Wenig später waren Woifal und Clea im badewannenwarmen Meer und ließen sich von den Wellen schaukeln. Erst als die Sonne endgültig untergegangen war, kehrten wir zur Pension zurück.

Die Hitze ließ uns nicht schlafen. Von der Bar an der Ecke schallte Live Musik zu uns herüber. Laut dröhnte der Halleffekt des Verstärkers aus den Boxen. Orientalische Saiteninstrumente gaben den Rhythmus, zu dem die klagende Stimme einer Sängerin und zwei immer wieder ihre Töne verfehlenden Violinen zu hören waren. Als uns die Sonne weckte, hatten wir das Gefühl, gerade erst eingeschlafen zu sein. Das Zimmer hatte sich über Nacht kaum abgekühlt. Wir standen auf und setzten uns auf die Terrasse. Der leichte Wind tat gut. Als Kemal uns sah, brachte er gleich das Frühstück, für jeden von uns ein Tablett mit Weißbrot, Schafkäse, Oliven, Gurken– und Tomatenscheiben und Rosenmarmelade. Dazu gab es schwarzen Tee. Clea bekam ein Glas Milch. Als sie davon kostete, verzog sie angeekelt ihr Gesicht. Zuerst verstanden wir nicht, warum. Doch dann erfuhren wir von Yusuf, dass man den Kindern hier in der Türkei die Milch mit Zucker gäbe.

„Der Bibö-Hadra kommt!", sagte Woifal plötzlich.

„Wer?"

„Der Bibö-Hadra!"

„Was? Wer ist das?"

„Der Bitterböse-Hausdrachen!"

Mit einer Kopfbewegung deutete Woifal auf Hayriye, die durch den Garten spaziert kam und mit strengem Gesichtsausdruck, jedoch bemüht freundlichem Lächeln, die Pensionsgäste begrüßte. Yusuf kümmerte sich wieder um das Pärchen neben uns. Sie schienen einen Ausflug zu planen.

Ich tunkte den Rest Rosenmarmelade mit dem Weißbrot auf und leerte mein Glas Tee. Die Sonne stand schon hoch am Himmel. Es war spät am Vormittag. Clea war Birgül hinterhergelaufen und spielte mit ihr drüben vor dem Haus der Pensionsbesitzer. Wir packten die Badesachen und gingen hinüber. Die zwei Kinder saßen in einem aus einer großen Schachtel gebauten Haus und verstanden sich blendend. Es brauchte einige Überredungskünste, bis Clea mit uns mitkam. Die Aussicht auf baden im Meer wirkte dann aber doch.

Am Weg zum Strand kamen wir an einer kleinen Hotelanlage vorbei, die gerade von türkischen Frauen in Pluderhosen gereinigt wurde.

„Schau mal!", sagte ich zu Woifal. „Die haben wirklich Pluderhosen an! Und Kopftücher auf!"

Die ersten Eindrücke einer Türkei, wie ich sie mir vorgestellt hatte, wurden spürbar. Und als wir abends mit dem „Dolmuş", einem Minibus, der losfuhr, sobald er voll war, in die nahegelegene Hafenstadt Fethiye fuhren, tauchten wir noch mehr ein in eine Welt, die so ganz anders war als alles, was wir bisher kennen gelernt hatten. Auf einer Anhöhe über der Stadt thronte ein mächtiges Felsengrab. Mystisch und geheimnisvoll rief der Muezzin zum Gebet. In den Häusern saßen die Menschen auf dem Boden und nahmen so auch ihre Mahlzeiten ein. Unten am Hafen wollten Kinder irgendwelchen Kitsch verkaufen und nahmen unsere gutgemeinten Kaugummis nicht an. Leise wiegten sich die Fischerboote im Abendwind. Ihre blutroten Fahnen mit Sichelmond und Stern wiesen uns wieder auf unser fremdes Urlaubsland hin.

„Zum ersten Mal sind wir nicht mehr in Europa", sagte ich. „Die Türkei gehört doch schon zu Asien?"

„Ja, nur bis Istanbul gibt es einen kleinen Teil, der zu Europa gehört. Der Rest liegt in Asien."

„Und dass die Leute hier wirklich auf dem Boden sitzen beim Essen … - das hätte ich mir nicht gedacht. Es ist so ganz anders als bei uns … Warum die Kinder die Kaugummis nicht genommen haben?"

„Hat mich auch gewundert. Naja …, vielleicht haben sie sich nicht getraut?"

Als wir in die Pension zurückkamen, trug Yusuf einen roten Fez, den er offensichtlich bei seinem Ausflug mit dem Pärchen geschenkt bekommen hatte. Sie verabredeten sich für abends auf der Dachterrasse der Pension nebenan.

„Der kümmert sich ja ganz schön um die beiden", sagte ich zu Woifal.

Woifal nickte.

„Sie scheint ihm zu gefallen. Und umgekehrt auch … Nur ihr Freund wirkt nicht so begeistert …"

Nachdem wir die ersten paar Tage am Strand verbracht hatten, fragte uns Yusuf, ob wir nicht einmal eine der Attraktionen in der Umgebung ansehen wollten. Da gäbe es zum Beispiel Dalyan, einen Strand in einem Naturschutzgebiet, an dem die Meeresschildkröten ihre Eier ablegen würden. Wenn wir wollten, könnte er uns morgen nach Ortaca zum Busbahnhof begleiten, von dort würden die Busse nach Dalyan abfahren. Begeistert sagten wir zu.

So ging es am nächsten Tag den ganzen Weg zurück, den wir gekommen waren. Nach einer nicht weniger rasanten Fahrt als der mit dem Taxi vom Flughafen zur Pension tauchte endlich Dalaman in der Ebene auf. Wir fuhren wieder an der imposanten Moschee vorbei, bogen rechts ab und hatten nach wenigen Kilometern den Busbahnhof von Ortaca erreicht, einen großen Platz, der von einer einfachen Gaststätte, einem Barbier und verschiedenen kleinen Läden gesäumt war. Yusuf brachte uns zum Dolmuş nach Dalyan und erklärte uns, wo die Boote zum Strand ablegen würden. Dann verabschiedete er sich von uns. Er wolle nun seine Eltern besuchen und abends wieder hier auf uns warten.

Wir stiegen ein. Nach und nach füllte sich der Bus, hauptsächlich mit Touristen. Als er voll war, fuhr er los. Die Fahrt nach Dalyan dauerte nicht lange. Schon nach einer halben Stunde hatten wir den kleinen Ferienort erreicht. Am Hauptplatz befand sich eine Schildkrötenskulptur, das Wahrzeichen Dalyans. Von hier war auch schon der Fluss zu sehen, an dessem Ufer bunte Boote vor sich hinschaukelten. Gegenüber erhob sich eine mächtige Felswand, in die mehrere Felsengräber in den Stein gehauen waren.

„Da ist es ja schön!", staunte ich.

„Das dürften Königsgräber aus der Zeit vor Christus sein", sagte Woifal, ebenso beeindruckt. „Und hier sind auch die Boote zum Strand! Ich glaube, mit dem hier müssen wir fahren!"

Woifal zeigte auf ein Ausflugsboot, in dem schon einige Touristen saßen. Der Abfahrtsplan funktionierte nach dem gleichen System, wie der der Busse: Als das Boot voll war, legte es ab. Die Fahrt ging an mehreren kleinen Inseln vorbei durch ein dichtes Schilflabyrinth und war bereits ein Erlebnis für sich. Der Strand aber übertraf alle unsere Erwartungen. Er war lang und breit und und nach der Anlegestelle menschenleer. In der Ferne wurde er von einem schroffen Berghang begrenzt. Das Meer war türkisgrün. Große Wellen rollten sanft ans Ufer und brachen sich auf feinem, gelbem Sand.

Als wir abends in der Pension eintrafen, war das Pärchen neben uns gerade beim Packen. Früh am Morgen mussten sie zum Flughafen. Ein letztes Mal wollten sie sich mit Yusuf auf der Dachterrasse der Pension nebenan treffen. Die Frau rief Yusuf die Uhrzeit zu, während ihr Freund irgendetwas auf Englisch schimpfte.

„Die scheinen heute Probleme zu haben", bemerkte Woifal. „Ich habe gerade gehört, wie ihr Freund „I hate you" in Yusufs Richtung gesagt hat. Ich glaube, das Ganze ist ihm jetzt schön langsam zu viel geworden …"

Kurz nachdem das Pärchen abgereist war, begann Yusuf, sich vermehrt uns zu widmen. Er lud uns ein, abends eine Folkloreveranstaltung zu besuchen, zu der auch eine Bauchtänzerin kommen würde. Die Veranstaltung fand in der Bar statt, die jeden Abend bis in die Morgenstunden laute Live-Musik spielte.

Als wir kamen, hatte die Musik soeben begonnen. Die meisten Tische waren bereits voll besetzt. Yusuf fand noch einen Tisch für uns und bestellte Raki. Laut klangen die Töne der Elektrosaz aus dem Verstärker. Darbuka und Tamburin sorgten für den Rhythmus. Ein junges Mädchen in freizügigem, paillettenbesetztem Bauchtanzkostüm erschien. Sie bewegte sich geschmeidig zur Musik und wippte mit Hüfte und Oberkörper gekonnt zum Trommelsolo.

Nach einigen Darbietungen steckte ihr Yusuf einen Geldschein zu, der offensichtlich die Gage dafür war, dass sie nun auf unseren Tisch stieg und dort weiter tanzte. Sie war unheimlich hübsch, sehr jung und sehr aufreizend.

Yusuf bestellte die nächste Runde Raki. Die Bauchtänzerin sprang leichtfüßig vom Tisch und tanzte wieder auf dem Boden weiter. Sie reichte Woifal die Hand. Woifal stand auf und, ermutigt von Yusuf, der auch einige Takte tanzte, begann Woifal mit der Bauchtänzerin zu tanzen. Ich ärgerte mich unbeschreiblich über Woifal, der sich sichtlich geschmeichelt fühlte und redete den ganzen Abend kein Wort mehr mit ihm.

„Irgendwie hat Yusuf gestern absichtlich so viel Raki bestellt, um sich einen Spaß mit uns zu machen", sagte ich am nächsten Tag zu Woifal, nachdem mein Ärger wieder etwas verraucht war. „Er hat sich ja blendend amüsiert, wie du mit der Bauchtänzerin getanzt hast!"

Woifal gab mir recht.

„Wir müssen ein bisschen aufpassen bei Yusuf. Er legt es scheinbar darauf an, andere betrunken zu machen!"

Als Yusuf abends wieder mit uns ausgehen wollte, sagten wir trotzdem zu. Es war ja doch unterhaltsamer, als alleine mit Clea vor unserem Pensionszimmer zu sitzen. Dabei floss wieder reichlich Raki. Yusuf saß neben mir. Wie zufällig berührten sich unsere Beine.

Auch am übernächsten Abend gingen wir gemeinsam etwas trinken. Einige Bekannte von Yusuf setzten sich zu uns an den Tisch. Einer davon war soeben Vater geworden.

„Oh", sagte Woifal, „you will have sleeping problems!"

„Oh no!", antwortete dieser lachend. „Sleeping problem is Clea problem!"

Und während wir uns unterhielten und Unmengen an Raki tranken, saß Yusuf wie zufällig wieder neben mir. Oder ich neben ihm?

Woifal schien das aufgefallen zu sein.

„Glaube mir", sagte er zu mir, „wenn ich eine Frau wäre, würde mir Yusuf auch gefallen. Er sieht echt gut aus. Allen Frauen hier gefällt er. Kannst du dich an das irische Pärchen erinnern? Yusuf hat sich ziemlich an seine Frau rangeschmissen. Die zwei haben oft Probleme wegen Yusuf gehabt."

Ich gab Woifal in Gedanken irgendwie recht. Und doch war es mir in diesem Moment egal, was er sagte.

Als unser Urlaub zu Ende war, begleitete uns Yusuf zum Flughafen. Wir fuhren mit demselben Taxi, welches uns hierher gebracht hatte. Der Taxifahrer schien ein Freund von Yusuf zu sein. Yusuf saß am Beifahrersitz. Er sah immer wieder in den Rückspiegel. Unsere Augen trafen sich. Immer wieder.

Als wir uns voneinander verabschiedeten, sagte Yusuf zu Woifal: „If you come again to Turkey I help. You have my adress. Just telephone."

Dann gab er mir die Hand. Ich hielt sie einige Sekunden lang fest.

Als wir in Salzburg ankamen, war es trüb und kalt. Ein Kälteeinbruch hatte uns vom Hochsommer in den Spätherbst katapultiert. Die Wohnung war düster und ausgekühlt. Mich fror.

Nachdem wir unser Gepäck ausgepackt hatten, hörten wir die Kassette mit türkischer Musik, die wir am Markt gekauft hatten. Wir schenkten uns Raki in die Gläser. Der Geruch des Rakis und die orientalischen Klänge brachten ein Lebensgefühl zurück, nach dem ich mich unbeschreiblich sehnte.

Mir ging nicht mehr aus dem Kopf was Yusuf gesagt hatte.

„If you come again I help. You have my adress. Just telephone."

Und als meine Mutter einen Bausparvertrag, den sie für mich und meine Schwester abgeschlossen hatte, ausbezahlt bekam und an uns aufteilte, wusste ich, was ich damit machen wollte.

„Du", sagte ich zu Woifal, „ich möchte wieder in die Türkei fliegen. Ich könnte nochmal Urlaub machen, bevor es Herbst wird und dann auch noch der Winter kommt. Und Yusuf hat ja angeboten, dass wir kommen können und er uns hilft."

„Und vielleicht ist es für dich auch besser, wenn du mal machen kannst, was du willst", versuchte ich, Woifal mein Vorhaben schmackhaft zu machen und glaubte mir in diesem Moment beinahe selber, glaubte, dass ich in meiner ängstlich anhänglichen Art Woifal ja doch oft auf die Nerven gehen musste und ein bisschen Abstand vielleicht sogar gut wäre. Nicht nur für Woifal. Auch für mich. Vielleicht würde mir dieser Abstand dabei helfen, meine Panik vor dem Alleinsein zu verlieren. Vielleicht würde ich endlich kapieren, dass Woifal auch ohne mein angstvolles Warten wohlbehalten nach der Arbeit zu Hause ankommen würde.

Fast gelang es mir, edelmütige Motive und einleuchtende Beweggründe für mein Vorhaben zu finden.

Und dann ging ich noch weiter. Ich begann, mit Woifal zu verhandeln, ihm Freiheiten anzubieten, denen er womöglich nicht abgeneigt wäre, ihm Zugeständnisse zu machen, die ihn überzeugen mussten.

„Du kannst dich ja auch mal mit wem treffen."

Woifal sah mich an, als würde er denken: „Hoffentlich weiß sie, was sie tut."

Doch er sagte nichts darauf. Er hatte keine Einwände. Keine Fragen.

Dafür hatte meine Mutter Fragen.

„Wieso willst du denn nochmal in die Türkei? Jetzt habt ihr ja eh gerade Urlaub gehabt!"

„Ja, das stimmt. Aber ich könnte noch einmal Urlaub machen! Sogar kostenlos! So eine Gelegenheit habe ich nie wieder!"

Ich versuchte, sie zu überzeugen.

Ich versuchte, Argumente zu liefern für ein Vorhaben, dessen Hintergrund sie nicht wissen konnte.

„Und was sagst du dazu?", fragte sie Woifal.

„Naja, wenn sie will … Sie wird schon wissen, was sie tut …."

„Und was ist mit Clea? Nimmst du Clea mit?", fragte mich meine Mutter. „Wenn nicht – das ist ja … - wie wenn du Freiwild wärst! Allein als Frau in der Türkei!"

Kurz überlegte ich, verwarf den Gedanken aber sofort wieder. Clea hier zu lassen, das brächte ich nie übers Herz!

Ich bat Woifal, Yusuf anzurufen und ihm mitzuteilen, dass ich kommen würde. Selber hatte ich nicht den Mut dazu.

Woifal rief Yusuf an.

Ich könne jederzeit kommen, er würde mir helfen und sich um mich kümmern, sagte er zu Woifal.

Ich ging ins Reisebüro und buchte den Flug. Am 9. Oktober um sieben Uhr morgens würde ich von München wegfliegen, mit Hapag Lloyd. Und während es in Salzburg immer herbstlicher und dunkler wurde, wurde meine Erwartung auf das, was kommen würde, immer größer.

Manchmal versuchte ich mir vorzustellen, wie es sich anfühlen könnte, wenn Woifal nicht mehr bei mir wäre. Ich konnte es mir nicht vorstellen. Ein Leben ohne seinem Witz, seinem Humor, seiner Art, das Leben zu leben und vor allem, die Gegenwart zu genießen, war unvorstellbar. Ich merkte, dass ich ihn mir aus meinem Leben nicht wegdenken konnte. Aber das wollte ich ja auch nicht. Ich wollte nur dieses Lebensgefühl wieder haben, das ich hier in diesem dunklen Salzburg nicht finden konnte. Nur einmal noch hinaus und Freiheit und Abenteuer und prickelnde Ungewissheit spüren … - sagte ich mir. Aber das alleine war es nicht. Es gab noch einen anderen Grund. Nämlich den, dass ich Yusuf unbedingt wiedersehen wollte.

Schließlich war der Tag der Abreise herangerückt. Ich packte meinen Koffer. Dabei hatte ich das Gefühl, ich müsste mehr mitnehmen, als das, was ich für zwei Wochen brauchen würde. Vorsichtshalber packte ich auch Cleas Winterjacke ein.

In der Nacht um viertel nach drei würde das Flughafentaxi kommen und uns abholen. Um halb drei stand Woifal mit mir auf. Wir tranken eine Tasse Kaffee. Dann holte ich leise und vorsichtig Clea aus dem Bett. Clea wachte natürlich auf und war gleich redselig und neugierig, wie immer. Woifal und ich verabschiedeten uns voneinander. Wir verabschiedeten uns so, wie man sich verabschiedet, wenn man sich für lange Zeit trennt.

„Legst du dich nochmal schlafen? Morgen musst du ja früh aufstehen!", sagte ich dann.

„Mal sehen. Momentan bin ich total wach",
sagte Woifal.

„Naja. Drei Stunden könntest du dich noch
hinlegen", sagte ich.

Dann nahm ich meinen Koffer und ging mit
Clea hinunter. Pünktlich hielt das Flughafentaxi
vorm Haus. Ich stieg ein und setzte Clea auf
meinen Schoß. Während der Fahrer meinen
Koffer verstaute, sah ich zum Wohnzimmer-
fenster hinauf. Ich sah, wie Woifal sich weit
herauslehnte und zum Abschied winkte. Ich
winkte zurück und sah ihn immer noch hinter
uns herwinken, als das Auto anfuhr und langsam die Straße hinaufrollte.